Dem Leben seine heitere und positive Seite abgewinnen -

das ist Lebenskunst.

Für meine Kinder.

Wiebke Frech

Eine ausgezeichnete Idee

BoD - Books on Demand, Norderstedt, 2014

Bibliografische Information der Deutschen Bibliothek:
Die Deutsche Bibliothekverzeichnet diese Publikation in der Deutschen Nationalbibliografie; detaillierte Daten sind im Internet über www.dnb.de abrufbar.

Impressum
© 2014 Wiebke Frech

Herstellung und Verlag:
BoD – Books on Demand, Norderstedt

ISBN: 978-3-7357-8690-6

Titelfoto: © Wiebke Frech

Kapitel 1

Sommerferien. Kinderfrei. Der Vater meiner Kinder sitzt mit seiner Geliebten sowie Lukas, zwei Jahre alt und Lisa, vier Jahre alt, im Flugzeug nach Mallorca. Herzlichen Glückwunsch. Husum, graue Stadt am Meer, 26. Juni 2012, bewölkter Himmel, achtzehn Grad Außentemperatur. Im Sommer. Achtzehn Grad. A-c-h-t-z-e-h-n GRAD CELSIUS. Ich schaue vorsichtshalber noch einmal auf die Temperaturanzeige meines Suzuki Swift, Baujahr 1994. Gut, die Suzi ist aus einem anderen Jahrhundert, sogar aus einem anderen Jahrtausend, allerdings waren es bisher nur die Kupplung, die nicht mehr einwandfrei einrastete, die Bremse, die quietschte und der Teppich wellte sich überall, nachdem ich das Fenster über Nacht ausnahmsweise habe offen stehen lassen. Einen Spaltbreit nur, doch ausreichend dafür, dass sich der Regen seinen Weg in das Wageninnere bahnen konnte. Damals, in einer lauen Märznacht, in der die Regenwahrscheinlichkeit in Husum bei fünfundachtzig Prozent lag. Heute ist ein SOMMERTAG. Jaaaaha, der

Sommer hat laut Kalender bereits begonnen. Achtzehn Grad, in den nicht vorhandenen Bart genuschelt, schimpfe ich leise vor mich hin, während ich das Auto aus der kleinen Parklücke heraus manövriere.

Der Kofferraum ist vollbepackt mit Taschen, Tüten, Resten meines Kühlschranks und ein Strauß Margeriten und Ringelblumen mit zwei Phlox aus meinem Garten liegt auf dem Rücksitz, weich gebettet auf meinem Kissen samt Bettdecke. Ich schlafe einfach gerne in meiner eigenen Wäsche. Auch wenn ich auf dem Weg zu einer meiner zwei besten Freundinnen bin. Biene wohnt in Mühlendorf, einem altmodischen Dorf in der Nähe von Braunschweig. Wir kennen uns seit der Grundschulzeit. Wir haben nicht nur den Tisch, sondern auch Pausenbrote, aufgeschürfte Knie und die ersten Kämpfe mit den Jungs geteilt. Früher haben wir uns oft mit Fäusten geschlagen, später dann wurden die Auseinandersetzungen mit den Jungs eher verbal ausgetragen, bis sie übergingen und Flirt genannt wurden. In dieser

Zeit komplettierte Kira unser unschlagbares Mädchen-Trio. Wir haben zusammen in Kiel Grund- und Hauptschullehramt studiert, klebten sieben Jahre lang Tag für Tag zusammen, bis wir in unterschiedlichen Städten an verschiedenen Schulformen eine Festanstellung erhielten: Kira in Berlin an einer Hauptschule, Biene und ich an Grundschulen; sie in Niedersachsen, ich in Schleswig-Holstein.
Die Sommerferien überschneiden sich bei Glück genauso viel wie die Möglichkeiten eines freien Wochenendes, an dem wir uns zu dritt privat treffen. Also kaum. Selbst mit allen Kindern und Ehemännern finden wir selten einen Termin, der allen Familien passt. Nun ist mein Exmann einschließlich der Kinder für drei Wochen weg und ich nutze die Zeit, meinem dringenden Bedürfnis nach Umarmung, Wein und Schokolade gerecht zu werden. Es gibt Momente im Leben einer Frau, da reichen auch achtzig Nachrichten auf dem Mobiltelefon nicht aus, um den täglichen Sprachbedarf abzudecken. Eine SMS ist schneller getippt zwischen Stundenvorbereitungen, Korrektu-

ren, Wäsche machen, bügeln, kochen, Kinderspielen sowie Streitschlichtung und zu einem ausführlichen Telefonat reicht die Ruhe einfach nicht aus. Nun biege ich von der Umgehungsstraße auf die B5. Immer Richtung Süden.

Die Sonne kann mich heute nicht blenden. Sie scheint sicherlich irgendwo auf dieser Erde. Aber vor mir versteckt sie sich hinter Wolken. So wie ich meine Augen trotzig hinter Sonnengläsern verstecke. Einerseits weil es sich in dieser Jahreszeit so gehört, andererseits um meine vom vielen Weinen verquollenen Lider vor den wenigen Autofahrern zu schützen, die mir entgegen kommen. Scheinbar wollen alle Autofahrer in meine Richtung. Fahren alle Familien aus Schleswig-Holstein mit schulpflichtigen Kindern Richtung Süden, um ein wenig Wärme zu erhaschen? Fährt denn niemand mehr in den Dänemarkurlaub zu Ferienbeginn oder nehmen alle die A7 von Hamburg nach Flensburg? Eine halbe Stunde Wartezeit im Stau vor dem Elbtunnel rechne ich bereits ein, mein Milchkaffee hält sich in dem Aluminiumbecher bis dahin warm, aber wie es aussieht, kann es locker eine Stunde im-Stau-stehen werden. Wegen drei Komma eins Kilometern Unterführung unter der Elbe hindurch. Schiffe. Ich könnte zur Elbfähre abbiegen. Ach, dann juckle ich über Dorfstraßen und steh' wahrscheinlich am Hafen in der Schlange und warte ebenfalls. Warten zählt nicht zu meinen Stärken. Das weiß ich selber und es wird auch nicht besser, wenn mein Ex Kurt mir diesen Makel unter die Nase reibt. Meine Nase ist hübsch, klein und zierlich, annehmbar neben meiner mittelgroßen, schlanken Erscheinung. Völlig durchschnittlich. Normale Straßenköterhaarfarbe, normal wettergegerbte Haut von einer, die sich viel im Freien aufhält: im verwilderten Garten meines niedlichen Reihenhauses, auf dem Fahrrad gegen den steten Wind auf dem Flachland ankämpfend oder auf Inlinern unterwegs. Jetzt kurble ich das Fenster herunter, damit eine Brise herein wehen kann. Mich fröstelt's sofort und ich schließe das Fenster und drehe das Radio lauter. Werbepause. Noch so eine unwillkommene

Nebensächlichkeit. Fehlt nur noch, dass die Dany Sahne Werbung im Radio gespielt wird. Dany, Daniela, Kurts neue Freundin. F-r-e-u-n-d-i-n. Welch klangvolles Vertrauen erweckendes Wort für einen Vertrauensbruch, der sich seit nun knapp zwei Jahren auslebt. Was gelebt werden will, wird gelebt. Besonders nach der Geburt des zweiten Kindes steckt viel Leben unter dem Dach. Mir platzt gleich der Kragen, denke ich und suche die entsprechende CD vom Beifahrersitz. Wohl sortiert stecken alle meine Lieblinge in einer Sammeltasche für CD's - für *Safri Duo* ist es nicht sonnig genug aber hier ... ausgezeichnete Wahl: *All Ends' Apologize*. Wenn nun Kira neben mir säße, dann wäre die Vorstellung perfekt wie in dem Musikvideo, in dem die beiden Sängerinnen der schwedischen Metal-Band einen Kerl in die Wüste schicken. Gefesselt verbrennt er in dem schicken roten Flitzer irgendwo im Nirgendwoland. Schade ums Auto. *Wasting Life*, *Spend my Days*, yes. Die ganze CD ist eine Wonne. „I have found a way, I have found a place, this is how I want to spend

my days." ... Von der B5 auf die Autobahn nach Hamburg. Zuerst A23 dann A7. Weiter, weiter, immer weiter. Kopf in den Nacken werfen, die Schultern zucken, die Hand auf dem Schalthebel wippt so wie auch der freie Fuß neben der Bremse. „I'm sorry" ... nee, ich nicht. Eher sorry, so nicht mit mir. Sorry, dass ich nicht so leben will wie du. Flieg du mal schön in einen idyllischen Familienurlaub mit voll gekackten Windeln, juckenden Mückenstichen in der Nacht und Albträumen in einer fremden Umgebung. Bring mir meine Kinder ja gesund wieder, damit ich die zweite Hälfte der Sommerferien mit ihnen verbringen kann. Ich vermisse euch. Ich vermisse euch in jeder Sekunde, in der ich euch nicht sehe.
Ich will mit euch im Watt wandern, am Deich die eingeknickten Schafsbeine zählen, über Fladen springen, durch Schobüll direkt nach Nordstrand zur Deichpromenade radeln, Eis essen. Regenklamotten bei Schietwedder anziehen, also fast täglich. Nichts mit Pumps und hochhackig über das Kopfsteinpflaster trippeln. Lieber unter meinem roten Regenschirm

mit weißen Punkten frieren. Heiße Schokolade schlürfen und die Sahne von der Lippe ablecken. Schon wieder das Wort *Sahne* - mir wird übel.

Noch nicht mal träumen kann ich ohne dabei an Kurt und Daniela zu denken.
Bevor ich eine Panikattacke kriege, ruf ich lieber Kira an. Das Klingeln am Ohr ist bereits eine Wohltat.
„Watt willste denn, meine Else?" Diese vertraute, liebevolle Begrüßung wärmt mir den Magen und schickt mir einige Schmetterlinge. Else ist ein Kosewort für Elisabeth. Und der Vorname Lilly stammt von dem Ursprung Elisabeth, hebräisch ‚elischeba' := die Gott verehrt, die Gott geweiht ist ... Oder ganz blumig englisch gesagt: *Lilie*. Ich musste viele Witze über meinen Namen ertragen, nur weil es sich zwischen 1940 und 1990 nicht schickte, ein Mädchen *Lilly* zu nennen. Erst 2000 ging's wieder los mit der Modernität der ‚Dunkelheit/ Nacht', so wie *Lili* im Arabischen als *Leila* bekannt ist.

„Was ich will? Das weißte doch, Kira. Meinen Seelenfrieden." Verschmitzt grinse ich in mich hinein und lausche gebannt der Antwort.
„Seelenfrieden findste in der Hölle, meine Süße. Vorher schiebst du dir mal schön *All Ends* in deinen CD-Spieler. Oder höre ich das im Hintergrund? Es rauscht so doll. Biste bereits en route? Wenn du bei Biene angekommen bist, melde dich kurz, damit ich nicht in allen Krankenhäusern nach dir suchen muss." Ich verdrehe meine Augen gen Himmel und säusle in den Hörer:
„Jaaha! Wir melden uns bei dir. Schade, dass du nicht neben mir sitzt, Schnegge."
„Beim nächsten Mal wieder. Das bisschen Haushalt macht sich nicht von allein, sagt mein Mann. Wie eine Frau sich überhaupt beklagen kann ... Natürlich wär' icke auch lieber mit euch Mädels zusammen! Nu sieh du aber zu, dass deine beiden Hände schön am Lenker bleiben, wir nicht während der Fahrt telefonieren und deine Gedanken jetze mal nicht bei deinen Kindern sind, die machen nämlich gerade schön Urlaub mit Papa, sondern du denkst

an dich und dein Vergnügen. Habt viel Spaß, ihr zwei. Bis später."

Kapitel 2

Mühldorf. Zwei Straßen, eine Kreuzung, viel Fachwerk, wenige Läden. Sogar die Brötchen werden im Nachbarort gekauft. Aber sobald die Suzi auf den Hof meiner Freundin biegt und über das Kopfsteinpflaster hoppelt, ja, da fühle ich mich angekommen. Die riesige Scheune, die Garage, die Werkstatt und das Haupthaus bilden ein U. Efeu rankt am roten Klinker bis zum mit Reet gedeckten Dach empor. Für diese Gegend ist diese Bedachung eher ungewöhnlich. Reetdächer sind bei mir an der Nord- und Ostsee üblich. Auf Sylt ist diese *Weichbedachung* sogar Vorschrift; auf der Halbinsel Eiderstedt heißen die traditionellen Reet gedeckten Bauernhäuser *Haubarge*; die Reet- oder Rohrdachdeckerei ist ein eigener Geschäftszweig, so dass es im norddeutschen Raum spezielle Reetdachdecker gibt, die ausschließlich diese Dächer erstellen und reparieren. In den Midlands von England und in Cornwall sind Reetdächer ebenfalls weit verbreitet. Es gibt eine dänische Insel, Lxsø, auf der die Dächer aus Seetang bestehen. Nicht aus Schilfrohr, so wie bei uns. In Flensburg, meiner Heimatstadt, gibt es ebenfalls vereinzelte Reet bedeckte Bauernhäuser. Dort ist das Ambiente ähnlich wie hier. Zuhause ist dort, wo das Herz schlägt. Biene hat mich bereits durch das große Fenster beobachtet, lächelt wie eine Mutter ihre pubertäre Tochter anhimmelt, wischt sich die schaumbedeckten Hände am Geschirrtuch trocken und kommt mir bedächtig entgegen. Ich schnappe vorerst nur den Blumengruß, den Rest trägt sicherlich Knut später hoch, und ich fliege mit wehenden Haaren in ihre ausgestreckten Arme. Das ist eine Begrüßung nach meinem Geschmack. In der Küche angekommen duftet es nach Hefeteig und Apfelkuchen, dampfend dem Backofen entnommen. Ich habe ordentlichen Hunger und klatsche mir löffelweise Sahne auf den Kuchenberg, den ich mir nicht verdrießen lasse. Ein Espresso als Krönung und ich schwebe im siebten Himmel. Es ist doch so leicht, glücklich zu sein. ... Einfach nur die Füße hochlegen, in Decken eingekuschelt auf dem

Sofa sitzend, der Bauch ist gefüllt mit Kuchen, einer köstlichen indischen Reispfanne aus dem Wok, abgeschmeckt mit Curry, Ananas und Kokosmilch, ein Glas Rotwein in der Hand und die Pralinenschachtel ist fast leer. Herrlich. Wunderbar.

Verträumt warte ich, bis Biene ihren Kindern eine erneute Ermahnung zugerufen hat, nachdem wir bereits drei Gute Nacht Geschichten vorgelesen, zwei Lieder gesungen und vier Mal das Tapsen von nackten Füßen bis zur Wohnzimmertür erduldet haben. Die Augen fallen mir fast zu. „Ähem, Lilly, Süße. Willst du nicht ins Bett gehen? Ich könnte auch schon schlafen, weißt du. Du kennst das ja, keine Nacht durchschlafen und morgen früh ab halb sieben kann es sein, dass die Gören sich wieder räkeln. Was meinst du, wollen wir morgen weiter quatschen? Also ich geh dann schon mal ins Bad zum Zähneputzen, ja? Schlaf gut."

Zähne werde ich mir ebenfalls putzen. Selbstverständlich. Aber wo sind unsere durchzechten Nächte geblieben, in denen wir getanzt, getrunken und geturtelt haben bis zum Morgengrauen? Warum fühlen wir uns heute eher wie nasse Waschlappen, prall gefüllt vor dem Ausgewrungen werden, schlapp und träge? Sachlich - praktisch - ordnungsliebend - klingt es in meinen Ohren, als würde eine Wahrsagerin mein Horoskop deuten oder die Werbung *Ritter-Sport* zitieren: ‚quadratisch - praktisch - gut'. Lecker. Lebenslustig. Liebenswürdig. Beharrlich halte ich an diesem zähen Gedanken fest, der sich in meine Hirnrinde einbrennt und mich nicht einschlafen lässt, obschon meine Lider schwer und mein Körper matt sind. Bis mich um fünf Uhr dreiundfünfzig, wie mir die Uhr am Videorekorder sanft zu verstehen gibt, die dreijährige Rita weckt. Natürlich möchte auch ich einen warmen Kakao unbedingt gerade in dieser Minute trinken. Ohne zu zögern rapple ich mich vom Sofa hoch, mit Rückenschmerzen und einem lahmen linken Arm, der weiter schläft. Der hat's gut. Die heiße Schokolade schmeckt köstlich. Einer Meinung schmeißen Rita und ich die

Haut, die sich auf der Oberfläche gebildet hat, in den Müll, kuscheln uns in die Decke, unter der mein rechter Arm prompt auch wieder einschläft, meine Augen würden es ebenfalls so gerne, aber Rita hat ein tolles Baustellenbuch mitgebracht, in dem sich der Kran hoch und runter schieben lässt. Der Bauarbeiter steht unter der aufklappbaren Lasche nur in Unterwäsche (leider nicht nach meinem Geschmack!) und oben auf der Klappe in tadelloser Schutzkleidung. Toll. Wirklich. Sechs Uhr dreiundzwanzig. „Wollen wir das Buch zur Seite legen und genau wie der Bauarbeiter nach getaner Arbeit auf dem Sofa eine kurze Runde schlafen? Nur die Augen zumachen und Mama weckt uns dann zum Frühstück?" „Ja. ... Aber. ... Du, Lilly, der Bauarbeiter hat sich ja gerade erst angezogen und geht jetzt zur Arbeit. Ich hol mal eben den Kran aus meinem Zimmer." Und Rita springt vom Sofa, während die wärmende Decke runter rutscht, meine Augen geschlossen bleiben und ich langsam den ersten Urlaubstag begrüße.

So starten Rita und ich in den Tag, kaufen Brötchen beim Bäcker in Mehlbüttel, helfen Knut beim Tisch decken, während die anderen drei Menschen in unterschiedlichem Wachzustand verschiedene Vorstellungen haben: die einen wollen gerne in Ruhe duschen, sich anziehen und Kaffee trinken; die anderen wollen sich nicht anziehen, ungewaschen bleiben und das Weiße aus dem Brötchen raus knabbern. Was ich sehr gut verstehen kann. Mag ich ebenfalls am liebsten. Besonders im Urlaub. An den freien Tagen.

„Biene. Biene, du ..." „Sprichst du jetzt mit mir als wärst du auch erst drei Jahre alt?" Wir kichern beide vor uns hin, während sich der Löffel in der Espresso Tasse fast von alleine rührt. Ein kleiner Schluck von dem süßen Heißgetränk. Biene und Knut decken stets Rohrzucker mit auf, wenn ich zu Besuch bin. Gute Freunde wissen, wie ich meinen Kaffee trinke. Gute Freunde zu haben ist fantastisch. „Biene, du ... Du weißt ja, dass meine Schulferien gerade angefangen haben. Ihr habt noch fünf Tage Schule. Ich weiß. Ich weiß auch, dass ich gerne hier bleiben dürfte. Und ihr wisst, dass ich total gerne bei euch bin. Aber. ... Ich glaube, ich will was anderes. Ich bin zum ersten mal drei Wochen ohne meine Kinder. Was habe ich nur früher ohne Kinder angefangen? Was haben wir unternommen, bevor wir Mütter wurden? Sag's mir!" Meine Stimme klingt recht verzweifelt, zweifelnd an der Unsicherheit, keinen geordneten Tagesablauf vor mir zu haben, der sich unterteilt in vier Mahlzeiten, Vor- und Nachbearbeitungen in der Küche, Haushalt und nebenbei Beruf und Familie zu managen.

„Warum grinst du so, Knut?" - „Ach, ich sehe euch beide nur vor mir: kichernd Arm in Arm die Straße entlang schlendernd. Ich sitze gemütlich mit Bier und Freunden vorm Fernsehen, um das Fußballspiel zu verfolgen. Ihr beide folgt eher eurer sich ständig wechselnden Laune." - „Was soll das denn schon wieder heißen?", bricht es aus uns beiden gleichzeitig heraus. Dabei werden unsere Rücken gerade und der Kopf wächst bestimmt zehn Zentimeter in die Höhe. Kichern. „Schon gut. Wir wissen es. Launische Weiber sind wir." Biene trinkt ihren Kaffee aus und bietet Tee an. Ich nehme das Angebot gerne an. „Ja. Früher sind wir einfach los getigert. Und was tun wir heutzutage? Dorffeten und Handarbeitskurse. Vielen Dank." - „So schlimm ist es doch auch nicht. Schau mal, dieses Kleidchen für Rita ist so was von süß. Hier, hab ich selber gehäkelt." - „Ja, es ist entzückend niedlich und ich beneide dich um deine Gabe, so etwas selber zaubern zu können! Trotzdem." Ich sinke auf meinem Stuhl in mich zusammen. Der Kopf ist so schwer, dass ich ihn mit meinen Händen stützen muss. Kein klarer Gedanke erhellt meine Stimmung. Im Trüben fische ich wie ein Angler alleine am Ufer sitzend. Und hänge meiner Trübsinnigkeit nach. Biene und Knut werfen sich Blicke zu. „Lilly, mir kommt da eine spontane Idee. ... Weißt du nicht mehr, was wir am liebsten in den Semesterferien gemacht haben?" - „Einen Ferienjob, um das Studium zu bezahlen?" - „Ja, das auch. He he, aber wohin sind wir mit deiner Suzi gebrettert, bis die Reifen dampften?" Wenn Augen Fragezeichen bilden könnten, so würden meine in diesem Moment genauso aussehen. „Wir haben deine Tante in Frankreich besucht." Stille. „Wir waren in Paris." Erneut Stille. Schlucken. „Hat sie nicht ein kleines Häuschen in der Nähe von Bordeaux?" Rauschendes Surren erklingt in meinen Ohren. Ob das Tinnitus ist? Oder anschwellender Ohrdruck vor Freude? Begeistert klatsche ich in die Hände und springe vom Stuhl auf. „JA!"

„Genau DAS haben wir getan, bevor wir Mütter wurden. Stiiiiimmt! Geeeenau! Ihr habt soooo Recht! Und wisst ihr was? Die Telefonnummer habe ich in meinem Handy. Die Klamotten reichen völlig aus, die ich mit habe. Die nächste Tankstelle ist in der Nähe und ab geht's auf die Autobahn Richtung Paris. Mal sehen, wo sich Tante Vi gerade aufhält, sie reist ständig um die Welt. Aber manchmal spielt das Schicksal eine Rolle und mit ein wenig Glück erwische ich sie am Telefon und besuche sie. Das mach ich. Guuute Idee. Danke."

Biene und Knut werfen sich erneut Blicke zu. Knut sagt mit behutsamer Stimme: „Lilly, ich könnte mich für dich gleich an den Rechner setzen und die Reiseroute ausdrucken, wenn du möchtest." „Prima Idee. Klasse." „Hast du deinen Navi zufällig auch dabei?" - „Ja, klar, habe ich immer. Weißt du doch. So oft ich auch schon hierher gefahren bin, ständig biege ich falsch ab, wenn mir nicht die nette Stimme rechtzeitig Bescheid gibt."

„Schade nur, dass die Stimme dir nicht ebenfalls die vorgeschriebene Geschwindigkeitsbegrenzung mitteilen kann." Biene hebt ihre Augenbraue. Ich schaue sie verblüfft an. „Ooch, ich bin schon seit zwei Monaten nicht mehr geblitzt worden. Rekord." - „Rekord, ja, meine Liebe. Ich weiß nicht so genau, ob ich dich ..." - „Ob du mich WAS? ... Ob du mich IN DIESEM ZUSTAND ... oder ob du mich ALLEINE ... Glaubst du, ich wäre nicht in der Lage, mit Hilfe des Navis das Haus zu finden, in dem ich fast jede Sommerferien verbracht habe? Das finde ich im Schlaf." - „Mhm. Sicher.

Schlafend und träumend am Steuer. ICH WEIß. Ich mach mir halt Sorgen." - „Das ist ganz lieb von dir. Rührend. Ich gebe dir hiermit schon mal mein INDIANEREHRENWORT, dass ich mich regelmäßig bei dir melden werde per SMS; ich dir jeden Abend Bescheid gebe, wo ich schlafen werde und brav jeden Schritt mit dir abspreche, um nichts zu tun, was du nicht auch tun würdest." Dabei erhellt sich mein Gesicht und ich lache laut auf.

Kapitel 3

Irgendwie über diverse Landstraßen mit Hilfe des Navis zur Autobahn gelangen, das ist mein vorherrschendes Ziel, mein steter Gedanke und Begleiter. Die Stimme im Navi, ich habe eine tiefe männliche Stimme gewählt, die sich *Hans* nennt, leitet mich ruhig und sicher Richtung Autobahn.

Zweihunderteinundvierzig Kilometer liegen vor mir bis zur nächsten Abfahrt. Ein Automatikgetriebe wäre in diesem Falle gar nicht so schlecht. Dabei könnte ich doch sogar beide Füße von der Kupplung nehmen und mich völlig entspannen. Aber einschlafen darf ich bloß nicht! Wie lenke ich mich am besten ab, ich meine, wie konzentriere ich mich gezielt auf die Autofahrt und bleibe dabei wach und fit. Ich sage mir unaufhörlich mein Mantra vor: ich konzentriere mich auf die Straße (Och, wie hübsch ein vereinzelter Sonnenstrahl auf diesem Bach schimmert, im Geäst nisten sicherlich Enten!); ich halte mir mein Ziel vor Augen (Köln!) und fahre geduldig darauf zu (Baustelle! Wieso DAS denn? Wird hier etwa die Autobahn verbreitert? Reicht doch völlig aus, wie es ist. Wenn hier jetzt nicht diese Baustelle wäre, wäre hier auch kein Stau. Es braucht doch niemand vier Bahnen ... Mist. Stau!). Wie war mein Ziel doch gleich? Ein Ziel zu haben ist fabelhaft. Mein Weg ist mein Ziel. ... Aber ich habe mal einen Film gesehen. ... Wie hieß der noch gleich. ... Ein Western. ... Sicher mit *Bud Spencer* und *Terence Hill*, weil Biene und ich ALLE gesehen haben während sich unsere Eltern vergnügten. ... Nee. ... *Spiel mir das Lied vom Tod*. ... Da sagt, glaub ich, irgendjemand zu irgendwem irgendetwas in der Art wie: „Jeder Mann verfolgt ein Ziel im Leben". Verächtlich schnaube ich Luft aus meiner Nase. Männer. Cowboys. Wie stur der Mundharmonikaspieler doch ist, *Claudia Cardinale* - und dann auch noch *Claudia Cardinale* (!) - alleine auf der Ranch zu hinterlassen, die mutig alle Eisenbahnbauarbeiter bewirtet, tapfer direkt nach dem Tod ihres Mannes, und Cheyenne ... (Richtig, der müde Cheyenne!) ... Cheyenne tätschelt ihren Hintern und sagt, davon würde sie doch nicht sterben. Aber ein Mann bräuchte ein Ziel vor Augen und der Mundharmonikaspieler hätte seine Rache im Visier. Obwohl er doch den ollen Fraaank endlich umgebracht hatte zu diesem Zeitpunkt. Also echt. Püüüü. Irgendwann ist doch mal gut. Mit dieser engen Fahrbahn allerdings auch. Mir reicht's langsam. Bad Oeynhausen. Hier halt ich erstmal an, um was zu essen.

Hunger. Mich treibt ein unbändiger Hunger. Die Auswahl an Speisen ist verlockend aber auch verführerisch groß. Ich kann mich nicht wirklich gut entscheiden, schwanke zwischen dem Tomate-Mozzarella-Brötchen mit Rucola (Rucola mag ich nicht!) oder dem Hähnchenbrust-Paprika-Brötchen, bei dem die Wurst ranzig und das Salatblatt mickrig aussieht. Die Paprika versteckt sich scheinbar auch. Pfff. Der ältere Herr hinter mir scheint ungeduldig zu werden. „Nu entschied di mol, mien Deern." - „Seit wann sind wir per Du?", zische ich zurück und bestelle rasch einen unverfänglichen Berliner mit Cappuccino. Sogar ein winziger Klecks Marmelade versteckt sich in der Mitte des Krapfens. Glück gehabt. Mit Koffein im Blut lässt sich dieser Tag auch noch überstehen, denke ich und lehne meinen Kopf gegen die Fensterscheibe.

Tock. Tock. Tock. Bin ich jetzt im Wald und höre einen Specht, oder was?
Tock. Tock. Tock. Was nervt denn da so aufdringlich? Ich öffne die Augen einen Spalt.
Tock. Tock. Tock. Ich drehe meinen Kopf langsam zur Seite, um aus dem Fenster zu schauen - und zucke erschreckt zurück.
Direkt auf meiner Augenhöhe drückt ein Kerl seine Nase an der Scheibe platt. Die Nase sieht unförmig aus, aber das dazu gehörige Gesicht erscheint mir bekannt. Braun gebrannt (woher?), etwas verwegen, lässig gekleidet in Bluejeans mit Löchern über'm Knie (das war in unserer Jugendzeit modern, wer trägt so was denn jetzt noch!) und (nur!) mit einem offenen Hemd bekleidet (ohne sichtbare Gänsehaut!). Ohne Gänsehaut seinerseits. Meinerseits schon, denn schlagartig lodert der Name in meinem Gedächtnis auf: Leo. Leonard August.

Und das im Juni. Ich werd verrückt. Mit Leo verbinde ich eine gute Zeit. Da kann ich jetzt auch endlich mal dümmlich zurück lächeln, leicht mit der Hand winken, wobei ich nur den Ring- und Mittelfinger wedeln lasse. Leo.

„Lilly Sand. Was für eine Freude, dich wieder zu treffen! Zerknittert siehst du aus - aber gut." - „Hi Leo, immer noch der alte Casanova. Die Schmeicheleien kannst du dir gleich für eine andere deiner vielen Bekanntschaften aufheben. Bist du noch immer nicht sesshaft geworden? Wo wohnst du zur Zeit? Bei wem?", frage ich scheinheilig mit dem Wissen, dass er es sich während des Studiums hat gut gehen lassen, weil er niemals selber Miete gezahlt hat. Seine losen Bekanntschaften haben ihn stets bei sich wohnen lassen, mal zwei Wochen hier, mal drei Monate dort, länger als fünf Monate hat es glaube ich keine mit ihm ausgehalten. Oder er es bei keiner länger. Weil er genügend Freiraum brauchte für seine Freizeitgestaltung. Sportstudent halt.

„Du wirst vielleicht lachen, Lilly, weil es unvorstellbar in deiner geordneten Welt erscheint, aber ich komme direkt vom Surfen. Ich bin Surf- und Skilehrer. Gebe Kite Unterricht und stehe am liebsten selber auf dem Snowboard. Je nach Saison, je nach Bedarf arbeite ich für ein Reiseunternehmen. Zuhause bin ich überall auf der Welt. Für die Jahreszeiten-Klamotten, die ich gerade nicht brauche, habe ich allerdings ein kleines Zimmer in Köln gemietet. Danach fragtest du, oder? Ich bin auf dem Weg nach Köln, wollte hier bloß kurz ein Käffchen trinken, tanken und weiterfahren. Und selber?"
Diese zahlreichen Informationen wollen erst einmal sortiert werden in meinen Schubläden der Gedankenkommode. Zimmer in Köln. Kaffee trinken. Beides klingt nach mehr. Nach mehr?
„Mehr. Äh. Ja. Meer. Ich wohne am Meer. Husum um genau zu sein - aber gerade bin ich auf dem Weg nach Südfrankreich. Vielleicht surfe ich dort ein wenig", füge ich lässig hinzu.
„Meine Tante wohnt dort." Meine Tante?

„Meine Tante hat ein kleines Häuschen in der Nähe von Bordeaux und da werde ich in den nächsten zwei Wochen leben. Vielleicht auch länger. Mal sehen." Gespielt gleichgültig tupfe ich mir mit hochgezogenen Augenbrauen die Cappuccino Reste von meinem Mundwinkel. „Geile Gegend. In Biarritz gibt es gigantische Wellen. Dort ist ein berühmter Surferstrand." - „Mhm. Ja. Kann ich mir vorstellen. Mein Häuschen ist etwas nördlicher in Soulac-sur-mer, bekannt für seine weltberühmten Gauffres." Hört sich ziemlich weltmännisch an, bemerke ich stolz. „Gauffres?" Warum fragt er bloß nach? „Ja, Gauffres." ... „Und was ist das?" Interessiert er sich etwa wirklich für etwas anderes als das, was in seiner Welt passiert? „Gauffres sind dicke Crêpes, die meistens mit Eis oder Früchten vernascht werden." Jetzt rede ich bereits von Vernaschen. Halte dich zurück, Lilly.
„Klingt lecker. Sag mal, haben wir bei dir nicht früher zum Frühstück Waffeln gegessen, die du selber gebacken hast?" Dass er das noch weiß - erstaunlich. Wir haben zusammen Waf-

feln gegessen, jaaaha. Wir haben auch einige Nächte miteinander verbracht. Meistens zu zweit, sobald das Licht ausging.
Vielleicht scheint er ähnlich zu denken. Er wirkt etwas in sich gekehrt und ein attraktives Grübchen wird sichtbar, wenn er den Mund leicht schräg zu einem Lächeln verzieht. In seinem Dreitagebart erkenne ich in der Tat einige graue Stoppeln. Was seine Anziehungskraft nicht mindert. Bezahlt habe ich meinen Imbiss bereits. Die Gelegenheit ist günstig und ich werde mich jetzt verabschieden. Was murmelt er leise?
„Lilly, falls du sowieso an Köln vorbei fährst, könntest du dann eventuell ein Kiteboard von mir in deinem Wagen mitnehmen? Bitte?", haucht er, begleitet von einem Augenaufschlag, den er sich bei *Brad Pitt*, der Mannversion von *Marilyn Monroe*, abgeschaut haben muss. So einem Blick kann niemand widerstehen. „Ja, klar." Auch ich nicht.

„Danke. Prima, dass ich dich hier treffe. Mensch, das Ding fliegt mir fast vom Dach bei

dem Sturm hier. Mistwetter, oder? Ich habe es ordentlich festgezurrt, aber die Größe ist unpraktisch. Mein Golf ist allerdings bis obenhin voll - da geht nix mehr rein. Komm, ich lad dich eben noch auf einen Milchkaffee ein, und dann fährst du hinter mir her bis Köln. Einverstanden? Den Kaffee mit viel Milch wie immer?", fragt er als täte er dies jeden Morgen.
„Mit Rohrzucker wie immer, wenn's keinen Umstand bereitet. Allerdings gibt es den in diesem Laden nicht. Also zwei Tütchen weißen Zucker, bitte."
Kopfschüttelnd blicke ich ihm nach. Worauf lasse ich mich da bloß ein. Ob ich Biene schnell eine SMS schicke? Wenn nicht, erspare ich ihr Kummer. Wen kümmert's schon. Ist ja mein Leben, mein Urlaub, mein Geld. Einen Bankautomaten könnte ich gut gebrauchen. Hat vielleicht sein Gutes, dass ich mit nach Köln fahre. Dort werde ich an einer Bank Geld abheben. Sein vertrautes Gesicht zu sehen macht Spaß. Das waren wilde Jahre damals.

Ich erinnere mich gerne an das Wochenende
mit Kira und Biene in Rom. In der Ewigen
Stadt. Die Stadt, die das Herz und die Seele
der Welt sein soll. Leicht und farbenfroh wie
ein italienischer Sommer, voller Selbstvertrauen und zeitloser Schönheit. Ein Kessel voll
Lebendigkeit und Magie. Ein Zauber, in dem
die Schätze Michelangelos versteckt sind. Ein
buntes Treiben von teilweise oberflächlichen
oder affektierten Italienern, Frauen, die ihr gesamtes Geld in Mode umsetzen und in Highheels die Hügel hoch stolzieren oder Machos,
die jeder Frau ich-bin-der-Beste-Blicke zuwerfen. Die Stadt, in der ein Auto mit deutschem
Kennzeichen vor einem Laden mit Namen *Bad Engel* gestanden hat. Aus dem Wageninneren
wurde ein tief gefrorener Dönerspieß in den
Laden getragen. Davor lungerte eine grell geschminkte Dame in zerlumpten Klamotten mit
Altersfurchen im Gesicht. Eine Zigarette hing
ihr aus dem Mund.
Wo wir drei durch die Gassen geschlendert
sind oder unsere Füße während der Touristenführung auf dem Oberdeck eines Busses aus-

geruht oder uns alle paar Stunden in einem Bistro einen Espresso gegönnt haben. Bezahlt haben wir für einen Espresso nur achtzig Cent. Kein *Kopi Luwak*, den wir immer noch mal ausprobieren wollen, nachdem wir an einem Nachmittag drei Stunden am Stück mit nur kurzen Unterbrechungen einen Lachanfall nach dem nächsten erzeugt haben, indem eine von uns ein Stichwort, eine Geste oder nur das Wort *Kopi Luwak* erwähnt hat. Der Kaffee, der aus der Kaffeebohne gewonnen wird, die eine Katze nach dem Verzehr einer besonderen Pflanze ausscheidet. Diese Geschichte wird in dem Film *Das Beste kommt zum Schluss* erzählt und ist allzu köstlich. In Rom haben wir an einer Kaffeetheke stehend gelehnt und das italienische Grundnahrungsmittel getrunken. Der Zubereitung des Kaffees an dieser italienischen Bar haben wir besondere Aufmerksamkeit geschenkt und bemerkt, dass sie eher zelebriert als abserviert wurde. Kira hat mehr zu sich selber gemurmelt, dass nur Männer die Kaffeeautomaten bedienen würden. Mehr oder auch minder gut aussehend. Immer bereit für einen schnellen Flirt und muskulös noch dazu. Kein Wunder, denn die Männer bereiten an den kolossalen Maschinen in jeder Minute sicherlich vier Espressi zu, macht zweihundertvierzig Espressi in der Stunde. Bei einer Achtstundenschicht wären dies zweitausenddreihundertzweiundfünfzig Wechsel der Kaffeesiebe. Das Sieb muss mit starkem Druck befestigt und somit ebenfalls gelöst werden, mit einer Hebelbewegung, die Kraft erfordert. Wahrscheinlich sitzen aus diesem physikalischen Grund die schmächtigen Frauen nur an der Kaffeekasse und lassen die Männer hinter der Theke stehen. Ein seltener Anblick, wo doch in Deutschland jedes Süßgebäck, jeder Zuckerberliner und jedes Mandelhörnchen zwar von einem Bäcker zubereitet aber von einer Bäckerei Fachverkäuferin überreicht wird. Es gibt sicherlich so viele deutsche Bäckerei Fachverkäufer wie es Frauen gibt, die ernsthaft angeln! Zum Angeln bin ich mit Leo gefahren, nachdem ich aus Rom wiederkam. Da keine Fische anbeißen, sobald Worte ausgetauscht werden, haben wir uns bemüht, die Stunden kurzweiliger zu vertreiben, ohne dabei die Stille all zu sehr zu unterbrechen.

„Hat das Lächeln in deinem Gesicht schon einen Abdruck hinterlassen oder kannst du mich wieder normal anschauen?", spricht Leo amüsiert arrogant. „Wollen wir dann los?" - „Kein Problem. Ich bin okay." Irgendwie stimmt das sogar. Ich stehe von dem Bistro Tisch mit einem Gefühl der Schwerelosigkeit auf. Beim Hinsetzen war das noch anders. Mittlerweile fliege ich fast über den Asphalt zu seinem Golf, dann zu meiner Suzi und hinter ihm her über die Autobahn. Die Radiomusik nehme ich kaum wahr, scheinbar singe ich zwar mit und parke relativ heiser und windzerzaust hinter seinem Wagen in einer kleinen Gasse. Aber ich vergesse wieder einmal, das Fenster zu schließen (Was kann ich dafür? Ich habe ja gar nicht bemerkt, dass ich es geöffnet habe!) und so stehen wir uns auf dem Bordstein gegenüber. Die Dämmerung bricht langsam herein, es war ein langer Tag nach endlosen Kilometern und Staus und mich dürstet es nach einer Dusche.

„Leo, kennst du hier eine Pension in der Nähe, in der ich bis morgen bleiben kann? Dann fahre ich weiter durch Belgien nach Paris. Die nächste Tagestour. Das wird ein spannender Abschnitt, nicht so öde wie die Strecke von Hannover nach Köln."
„Ach, du willst ein kleines Abenteuer erleben? Wie wär's ... Hast du Lust mit mir an die Kletterwand zu gehen? Ich habe immer noch den Schlüssel für die Unisporthalle. Bei euch in Kiel war die Halle ja nicht so geil ausgestattet. An der Küste gibt es eben andere Vorzüge, wie Segeln, Angeln ..." Warum grinst er nur so unverschämt? Frechheit. „Lilly, ich habe hier in Köln studiert und habe eine Arbeit, die mir Spaß macht. Komm, gib dir einen Ruck. Lass uns zusammen klettern gehen. Um der alten Zeiten Willen. Ich halte dich am Gurt fest. Dir wird schon nichts passieren. Und viel reden können wir dabei ebenfalls nicht", grinst er und schaut mich warmherzig an. Ist das jetzt ein Versuch, mich mit einem Bernhardiner Blick rum zu kriegen? Mir wird schon nichts passieren. Er hält mich ja fest. Pustekuchen.

Ich schaff das schon alleine. So eine Kletterwand wird schon nicht so hoch sein, denke ich mir. Bis ich davor stehe.

Kapitel 4

„Okay, Lilly, angeschnallt bist du. Steht dir gut!", bemerkt Leo anteilnehmend. Die Stimmung zwischen uns ist mittlerweile fast schon ausgelassen, angeheitert durch Koffein und Adrenalin. Mir ist es schnurz, dass sich mein Deodorant inzwischen verabschiedet hat und ich meine Arme nach oben bewege, während Leo direkt neben mir steht. Er wollte mich schließlich unbedingt hierher schaffen und erklärt mir noch letzte Kniffs und Tricks, wie ich wie ein Affe an diesem bunte-Punkte-Plastikteil hochkraxle. Straff gespannt ist die Leine zwischen uns - ich Wahnsinnige vertraue ihm, dass er mich wirklich halten würde, falls ich abstürzen werde. Sicherheitshalber strenge ich mich extra an, damit dieser Fall erst gar nicht eintritt. Meine Finger tasten blind zu einem nächst gelegenen Haltegriff, während mein Knie gegen die Wand knallt, sich an einem der porösen Griffe scheuert und mein Fuß einen festen Halt sucht. Die Abstände zur Wand sind so geringfügig, dass ich meinen Körper eng an das Plastik schmiegen muss und den Geruch von Staub, Schweiß und Gummi einatme. Lieber stelle ich mir vor, dass ich unter freiem Himmel einen Berg hochklettere: in den Tiroler Bergen, frische Luft um mich herum, würzige Wiesen unter mir, duftende Alpenveilchen, ein strahlend blauer, wolkenloser Himmel über mir und ein uriges Alm-Chalet vor mir, eingerichtet mit gemütlichen Bauernmöbeln. Ich besitze selber einen Bauernschrank, ein Prachtexemplar an Handwerkskunst aus robustem Vollholz. Die Oberkante ist reich verziert mit Stuck, die goldenen Griffe verschnörkelt und das Prinzip zum Aufbauen kein IKEA-Kram, bei dem die Nägel entweder verbiegen oder abbrechen oder ganz einfach fehlen. Mein geliebter Bauernschrank ist wie ein Steckbaukasten. Völlig einfach zum selber aufbauen. Dachte ich mir jedenfalls bei meinem letzten Umzug in meine Single-Wohnung. Zwei kleine Kinder mit den Windeln gestrichen voll später, sowie höllischen Rückenschmerzen nach wochenlangem in-Kisten-packen-schleppen-auspacken-wegrä

umen und kein Handwerker in greifbarer Nähe. Aber ein Engel im Himmel meinte es gut und schickte eine Nachbarin vorbei, die sich nach meinem Befinden erkundigt und mir aus Anteilnahme ihren Mann ausgeliehen hat. Einfach so - als Nachbarschaftshilfe - zum Schrank aufbauen und massieren. Denn wunderbarerweise war dieser Nachbar Physiotherapeut mit einer Zusatzfortbildung als Masseur. Während ich hier oben nun wie in einem Säugling-Tragegurt in vierundzwanzig Metern Höhe rumturne, sollte ich nicht auf ein Wunder warten. Selbst ist die Frau.
Mir kommt spontan eine Melodie in den Sinn, die ich vor mich hin summe. Der Text stammt von *Barbara Schöneberger*:
„Toll ... du hast allein nach Haus gefunden. ... Wie schön ... du kommst zu spät nur zwei, drei Stunden. ... Du bist ... auch noch nicht all zu sehr betrunken und danke für die Blumen von der Tanke. Danke danke. Respekt ... du hast fast alle Lebensmittel. ... Es fehlt ... von meiner Liste nur ein Drittel. ... Genial ... du hast nur eine Milch verschüttet und danke für die

Blumen von der Tanke. Danke danke." Meine Lebensgeister sind ganz bei mir. „Männer muss man loben, dann bleiben sie stark, dann bleiben sie oben", pfeife ich lustig weiter. Ich komme mir vor wie ein Gepard auf Pirschzug. Die Krallen eines Geparden sind nur bedingt einziehbar und er gilt als das schnellste Landtier der Welt. Ich bin am Gipfel angekommen - juchhe! Wild winkend schaue ich zu Leo runter, bewege mich scheinbar mit zu weiten Gesten uuuuuuuuund ... sauuuuuuse wie der Wind die steile Wand hinab. So schnell wie ein Gepard, 112 km/h, mit Sicherheit. Ein Adrenalinschock sondergleichen.

„Mensch, Lilly. Das hast du gut gemacht. Super am Boden abgerollt. Tut dir etwas weh? Bist du verletzt? Wie sehen deine Hände aus? Hast du Verbrennungen an den Händen durch das Seil erlitten?" Ich lasse meine Augen geschlossen und tue noch ein wenig hilflos, um diese Fürsorge auf mich wirken zu lassen. Verbrennungen an den Händen klingt gefährlich. Ob ich die simulieren kann? Das war allerbeste Sahne. Meinetwegen auch Dany Sahne. So viel steht fest: so gut ging es mir schon lange nicht mehr!

„F-a-n-t-a-s-t-i-s-c-h, Leo, das war absolut stark! Wow." Ich knete meine Hände und spüre jeden einzelnen Muskel in meinem Körper. „Eine Dusche oder Badewanne oder Sauna wäre nicht schlecht. Mir tut aaalles weh." Ich schluchze leicht. Nicht zu laut, damit es nicht weinerlich wie ein Weichei erscheint. Wie lange hält dieser Adrenalinschub wohl an? Kann ich mir eine Portion davon einpacken? In mein klatschnass geschwitzes T'Shirt einwickeln und mitnehmen? Damit ich dieses Gefühl rausholen, von allen Seiten befühlen und verwenden kann, wenn ich es nötig habe? Bei Regenwetter zum Beispiel. Das wäre großartig, wenn ich graue Wolken wegpusten könnte, indem ich mir dieses Gefühl in Erinnerung rufe, wie ich hier runter gesaust bin. Mein Magen fühlt sich noch flau an. Und leer.
Ich wälze mich in Zeitlupentempo und bringe mich in Seitenlage, so wie ich es im Geburts-

vorbereitungskurs gelernt habe. Das untere Bein gerade, das obere Bein darüber hieven, wenn nötig mit den Händen mithelfen, den unteren Arm lang ausgestreckt unter den Oberkörper schieben und sich langsam mit der anderen Hand auf Brusthöhe abstützen und das Gewicht auf diesen Arm verlagern, der den Körper hochhievt. Das sieht von außen betrachtet in etwa so aus, wie die Hebelwirkung am Kran. Mir fällt Ritas Buch ein. Der gelbe Kran. Ich breche unter einem Lachanfall zusammen und kugle mich auf dem Boden. Leo schaut mich verständnislos an, doch ich erkläre ihm meine irren Gedankengänge lieber nicht. Wie ich hier so daliege - wahrscheinlich vergleicht er mich eher mit einem gestrandeten Wal oder einem Walross. Diese maritime Vorstellung möchte ich ihm wahrlich nicht nehmen.

Mehrere Atemzüge später (auch so etwas lernt jede Frau im Geburtsvorbereitungskurs: das Wegatmen von Schmerzen!) hieve ich mich in die Senkrechte und schaffe es, auf Leo gestützt, mich langsam in Richtung Umkleidekabine zu schleppen.

„Lass mich jetzt ja nicht los, Leo! Ich kippe gleich um." - „Merke ich. Du zitterst am ganzen Körper. Deine Knie fühlen sich noch an wie aus Gummi, stimmt's? Kenne ich. Habe ich auch schon erlebt. Ist nicht schön." Leo ist sooo süß. Mit sanfter Stimme fragt er mich: „Was kann ich dir Gutes tun? Was würde dir wieder auf die Beine helfen?" - „Pizza. Oder Pasta. Oder beides. Und ein großes Alsterwasser. Darauf könnte ich gerade so richtig." - „Mhm. Eine gute Wahl. Zuuufällig bin ich ein ziemlicher Kenner auf diesem Gebiet. Das passt. Ich schlage also Folgendes vor: Wir schnappen uns deine Sachen, ich fahre dich zu mir. Da kannst du in Ruhe ein Bad nehmen und dich frisch machen. Und in der Zwischenzeit stelle ich uns ein Menü zusammen. Auf dem Weg zu meiner Wohnung kommen wir an meiner Lieblingspizzeria vorbei. Ich rufe gleich an und gebe die Bestellung auf, kann dir die Pizza Maritime sehr empfehlen. Die packen ordentlich viele Garnelen, Muscheln und

Thunfisch rauf, mit Mais und Zwiebeln ist es meine absolute Nummer Eins." - „Ich breche zusammen. Mir läuft das Wasser im Mund zusammen. Ich habe heute außer einem Berliner seit dem Frühstück nichts mehr gegessen. Ich hätte gerne diesen Belag in XXL-Version."
Gefühlt sechs Stunden später und um Einiges entspannter sehe ich mich neugierig in dem winzigen Appartement um, das viel gemütlicher wirkt, als ich Leo zugetraut hätte. Er hat mir das Bad eingelassen (!) und mir gesagt, er würde mich rufen, sobald seine Vorbereitungen in der Küche mit angrenzendem Balkon (der Sternenhimmel ist heute besonders schön!) abgeschlossen seien. Die Neugierde hat mein Entspannungsbad recht verkürzt und so wandle ich durch sein Zimmer, das Wohn-, Schlaf- und Arbeitszimmer in Einem ist. In einem Regal stehen einige Ordner, die in sauberer Handschrift mit privaten Themen beschriftetet sind. Daneben ein ausziehbares Schlafsofa, ein kleiner Tisch, auf dem sich viele Zeitschriften sowie Broschüren übereinander stapeln. Ich sehe ein Kärtchen darunter

hervor lugen, das fast vom Tisch runter rutscht und auf dem Fußboden verschwinden würde in einer Flut an Katalogen, T'Shirts, Skisocken und Thermounterwäsche. Um mich von der Unterwäsche abzulenken schnappe ich mir das Kärtchen und lese die Aufschrift. Eine Visitenkarte:

Reisen klug buchen in Dexheim - hier fängt die Erholung an - persönliche, individuelle Beratung und Ausarbeitung Ihres Urlaubs.

Wohin würde ich einmal verreisen wollen? Was habe ich noch nie gemacht? Was wollte ich immer schon mal erleben? Welche Reise würde ich mir ausarbeiten lassen? ... Ich werde darüber nachdenken. Ich lasse meinen Blick gedankenverloren aus dem Fenster schweifen, während ich die Visitenkarte in meinen Händen knete. Erst dabei bemerke ich, dass es eine aufklappbare Karte ist. Auf der Innenseite steht ein weiterer Schriftzug:

Für Leo! Als Dankeschön für 10 Jahre tolle Reisebegleitung schenken wir dir ein zufriedenes Lächeln für den ganzen Tag – mit einem Fallschirmsprung aus Tausenden Metern Höhe kein Problem. Das Gefühl, schwerelos durch die Luft zu fliegen ist einfach einmalig und zaubert den mutigen Springern für mehrere Stunden ein verträumtes Grinsen aufs Gesicht.

Aha. Das passiert mir also gerade. Es ist statistisch erwiesen und erprobt, dass ein freier Fall aus enormer Höhe ein mehrere Stunden anhaltendes Glücksgefühl ins Gesicht zaubert. Nur ins Gesicht? Und warum nur mehrere Stunden lang? Um einen vollen Tag Glück beseelt durch die Gegend zu laufen, müsste ich also zweimal springen? Hm.
In Gedanken vertieft bemerke ich Leo erst, als er mich an meiner Schulter berührt, weil ich sein Rufen überhört habe. Er geleitet mich in seine Küche, wo der Esstisch mit Tischdecke, Kerzenleuchter und zusammen passendem Porzellan gedeckt ist. Die Pizzapappkartons sind nicht zu sehen, sondern ich darf mich mit

Messer und Gabel auf die Meerestiere stürzen und tue dies mit vollem Genuss.

Kapitel 5

Heute ist Montag. Normalerweise startet jeder Montag prinzipiell schlecht aus dem einfachen Grunde, weil das Wochenende vorüber ist. Ist so, geht jedem Arbeitnehmer so. Im Urlaub ist das nicht unbedingt der Fall - besonders nicht, wenn ich gemütlich eingekuschelt in meiner eigenen Bettwäsche auf dem Schlafsofa liege und neben mir das gleichmäßige Atmen von Leo höre. Ich traue mich nicht, mich zu ihm zu drehen, vielleicht ist das Geräusch nur ein Traum oder er hat sein Schnarchen auf Tonband aufgenommen und in der Küche finde ich einen Zettel vor: „War schön mit dir. Tschüs." Nein, nein, nein. Das kann nicht sein. Das kann es nicht gewesen sein. Etwas schnürt mir die Kehle zu. Obwohl der Druck eher von etwas unterhalb kommt. Meine Schulter fühlt sich schwer an wie unter einer unnormalen Last. Ich wage es, meine vom Schlaf verklebten Augen eine Winzigkeit zu öffnen und schiele nach oben. Dort sehe ich wahrhaftig einen Arm, der nicht meiner ist, meinen aber beschwert. Am Arm hängt eine Hand, die ich ganz vorsichtig berühre und streichle. Ja, sie ist echt. Keine Einbildung. Kein Hirngespinst, sondern aus Fleisch und Blut. Leo löffelt mich. Er liegt eng an mich geschmiegt, sein Bauch genau an meinen Rücken angepasst. Aus dieser Umarmung befreie ich mich nicht. Ich bleibe liegen, falle wieder in einen ruhigen, gleichmäßigen Dämmerschlaf und nehme mir fest vor, mir eine Thai-Massage zu gönnen, sobald ich wieder in Husum sein werde, in knapp drei Wochen oder so. Egal wann ich zurück sein werde, möchte ich meine verspannten Muskeln entspannen und jegliche Hektik vermeiden. Mich so fühlen wie genau in diesem Moment.

„Ausgeschlafen, Prinzessin?" Ein Duft nach frisch gebrühtem Kaffee findet seinen Weg in meine Nase, darunter mache ich einen Geruch nach gebratenem Speck, Eiern und frischem Aftershave aus. Frühstück im Bett, ich träume doch noch ... Mist. Warum riecht das so wie in echt? Können wir im Traum riechen und

schmecken? Ich will mir gerade die Decke über den Kopf ziehen, als ich einen Kuss auf meiner Wange spüre, der durch meine Bewegung zum Ohr abrutscht. „Lilly, wenn du dich leicht aufrecht anlehnen würdest, dann könnte ich das Frühstückstablett auf deine Beine stellen. Willst du?"
Und ob ich will! Wir genießen das späte Frühstück, uns und die freie Zeit, die wir auf uns rieseln lassen können, solange es uns Freude bereitet. „Jetzt die Zeit anhalten - das wäre großartig. Leo. Wollen wir das noch einmal wiederholen?" Ungeduldig halte ich die Luft an und sehe ihn mit großen Augen an. Er schmiegt seine Wange an meine und grinst gar nicht mehr arrogant, sondern aufrichtig. „Mir geht's gut mit dir, Lilly. Du bist toll. Du hast dein Leben in Husum und bist hier gerade im Urlaub. Dein Plan ist es, weiter zu fahren nach Bordeaux. Ich kann mir vorstellen, dass du mich gerne mitnehmen würdest. Aber ich will nicht." - „Warum nicht?" - „Ich habe gerade vier Wochen am Stück durch gearbeitet. Wir hatten einen fabelhaften Nachmittag, Abend

und wir genießen den Vormittag gerade in diesem Augenblick zusammen."
Er lehnt sich an mich, so dass wir beide in dieselbe Richtung blicken, Schulter an Schulter. „Aber?" - „Nichts aber. Ist so. ‚Klingt komisch, ist aber so', würde *Christoph Biemann* bei der *Sendung mit der Maus* sagen. Der, der den Kindern stets gutgelaunt im grünen Pullover die Welt erklärt. Meine Welt ist halt anders als deine." - „Aber wir könnten doch einen Kompromiss finden. Einen gemeinsamen Weg. Der Weg ist das Ziel." Heute klingt der Satz nicht mehr so treffend und die Worte schmecken fade auf meiner Zunge. „Vielleicht bei dir. Ich habe ein Ziel. Ich gehe meinen Weg, nehme Rücksicht auf dich. Hoffe ich zumindest. Oder habe ich deine Gefühle verletzt?" - „Nein", gestehe ich zerknirscht. Darüber sinniere ich eine Weile: Wege und Ziele und rücksichtsvoll sein. Rücksichtnahme gehört ebenfalls zu meinen Tugenden. Ich laufe viel mehr Gefahr, es allen gleichzeitig recht machen zu wollen. Nur eben jetzt gerade nicht. Nicht bei Leo. Nicht mit Leo. Dann eben nicht

mit Leo. Ein Seufzer entfährt meiner Brust. Die Stunden der anhaltenden Glückseligkeit sind vorüber. Ich setze zum erneuten Sprung an. „Die Visitenkarte, die ich gestern gefunden habe. Entschuldige, ich wollte nicht in deinen Sachen stöbern, sie ist mir eher in die Hand gefallen. Auf der Karte hast du einen Fallschirmsprung gewonnen. Geschenkt bekommen viel mehr. Bist du ... Hast du den Gutschein eingelöst?"

Er lacht leise auf, sodass es sich wie ein tiefes Gurren anhört. „Du hast gefallen am Fliegen gefunden, scheint mir?" Wohlig drücke ich mich in meinem Kissen fester an ihn. „Fliegen ist super. Bist du ehrlich aus viertausend Metern Höhe gesprungen? Wie war das?" - „U-n-b-e-s-c-h-r-e-i-b-l-i-c-h. Kann ich nur empfehlen. Ist ein Gefühl, wie ... wie ... tausend Schmetterlinge im Bauch oder ein saftiges Rindersteak, gegrillt, mit Tomaten und Rosmarinkartoffeln aus dem Ofen und als Beilage süße Bohnen. Das alles auf einer sonnigen Terrasse serviert nach einer langen Wanderung.

Weißt du, was ich meine?" - „Und ooob ...!
Wir sollten hin und wieder zusammen Essen
gehen ...", murmle ich in sein T'Shirt.

Die Stunden vergehen wie im Flug. Ehrlich
gesagt ist das Zeitgefühl bei mir an diesem
Montag erst gar nicht vorhanden. Wir haben
sogar die Sonne, die endlich wieder scheint,
aus diesem Raum ausgesperrt. Erst als es langsam wieder dunkel wird, bemerke ich, dass der
Tag sich dem Ende neigt. Leo hat nichts dagegen einzuwenden, dass ich erst am folgenden
Tag Richtung Paris aufbreche. Das tue ich
dann nach einem erneuten Frühstück im Bett.
Widerstrebend sammle ich meine verstreuten
Klamotten zusammen, schnappe meinen Autoschlüssel und schmiege mich ein letztes Mal in
Leos Arme. „Hier, zur Erinnerung, Lilly. Steck
die Visitenkarte ein, damit du dich an dein
Flugerlebnis erinnern wirst. Geflogen bist du
wie ein Flugdinosaurier im Sturzflug." Ein
letztes aufrichtiges Grinsen, von ihm und von
mir, dann wende ich mich ab, bevor salzige
Tränen meine Wange runter tropfen. Schluchz.

Mit zugeschnürter Kehle stiefle ich zur Suzi. Alle Fenster sind geschlossen und ich öffne beide vorderen, weil die Sonne herrlich warm den Innenraum erwärmt. Ich programmiere den Navi, lege den ersten Gang ein und schiebe eine CD rein: *Jessie J.*'s *Price Tag/ Abrakadabra/ L.O.V.E./ Stand up/ Who you are.* Großartige CD. Großartige Texte. ... „Don't lose it all in the blur of the stars. Seeing is deceiving, dreaming is believing. It's okay not to be okay. Sometimes it's hard to follow your heart. Tears don't mean you're losing, everybody's bruising. Just be true to who you are!" Paris - ich komme. Paaariiis, ich bin gleich da: nur noch fünfhundert Kilometer, für die ich ungefähr fünf Stunden benötige. Ohne Stau. Mit Stau und langsam fahren, um alles bestaunen zu können, mit Rast und ohne Hast. ... Na. Heute Abend werde ich wohl ankommen. Und Tante Vi anrufen.

Von Köln aus bin ich schnell in Aachen, von dort über die Grenze nach Belgien, Liège, Namur, alles hübsche Namen, weiter bis Mons (überall wunderschöne Mohnfelder!) und über die Grenze - geschafft. Bienvenue France! Ich fühle mich willkommen, erschöpft vom langen Sitzen und auf die Fahrbahn starren und nehme mir vor, bei der nächsten Raststätte einen Halt einzulegen, Mautgebühr bezahlen, tanken, parken, ins Restaurant rein gehen. Leider gibt es keine Sitzmöglichkeiten draußen. Der Gestank nach Benzin und Diesel wäre erträglicher als dieser Klogeruch auf dem Flur direkt neben der Küche, die aus vergilbten, verschmutzten Tapeten und Bodenbelägen besteht.

Keine Ahnung, ob mir die Auswahl meines Imbisses leichter gefallen wäre, wenn ich nicht den Dreck gesehen hätte. Bei einem *Croques Monsieur* kann ich nicht all zu viel falsch machen, weil das Baguette fertig geschmiert und in Cellophanfolie verpackt geliefert wird, überrede ich mich und ignoriere die fettverschmierte Mikrowelle. Ich kann mich ja nicht ausschließlich von Schokoriegeln ernähren, die ich dazu kaufe. Mineralwasser gibt es in versiegelten Plastikflaschen. Richtig schmecken tut mir nichts und satt werde ich auch nicht. Aber meine Rast soll sich lohnen: gerade während ich den letzten Krümel runter würge, geht die Tür auf und ein gut aussehender Mechaniker in Blaumann betritt den Raum. Er schwingt die Flügeltür mit einer Eleganz auf und nimmt die Kurve in einem Winkel, der mich erahnen lässt, dass er diese Räumlichkeiten nicht zum ersten Mal betritt. Wie wahr! Aus der mausgrauen, gebückt dastehenden Kassiererin wird eine strahlende Erscheinung. Als hätte eine Hexe Feenstaub verteilt und alle Funken hätten sie getroffen, sie, die ihren Rücken strafft, ihren Kopf hebt und die Schultern zurück nimmt. Dadurch gewinnt sie an mindestens zwanzig Zentimetern Größe äußerlich. Innerlich geht wie auf Knopfdruck der Lichtschalter an. Die Augen sprühen, die Haut erstrahlt in einem olivfarbenen Goldbraun und schimmert rein und gesund. Wenn ich nicht zufällig anwesend gewesen wäre, dann hätte ich zwei verschiedene Personen vermutet, wie bei *Dr. Jekyll & Mr. Hyde*. Oder dem Versuch der Fotografen, durch Mode, Styling und Lichtbeeinflussung, Vorher- und Nachherfotos zu schießen. Hier aber erfolgt diese Wesensveränderung innerhalb von Sekunden ohne materielles Zutun. Alleine die Vorstellungskraft schafft es, dieses Mädchen erstrahlen zu lassen. Sie wird niemals einen Fotografen benötigen, solange der Mechaniker an ihrer Seite ist. Wie liebevoll er sie begrüßt: Küsschen, Küsschen, Küsschen, links, rechts, links. Aha. Wir sind noch nicht in Paris. In Paris gibt es nur zwei Küsschen, eins links, eins rechts. Nichts wie weg hier, damit dieses schöne Bild lange in meinem Kopf verweilt, wie die beiden sich geküsst haben.

In der Schulzeit haben wir Plakate und Karten in einem Katalog bestellt. Besonders modern war der Mann mit nacktem Oberkörper und Baby auf seinem Unterarm - als schwarz-weiß Fotografie. Oder das verliebte Paar unter dem Regenschirm vor dem Eiffelturm. Ebenfalls in schwarz-weiß. So ähnlich war mein Live-Erlebnis von eben. Live und in Farbe wunderschön. „You make me feel good, you make me feel safe", singt *Jessie J* gerade begleitet von

David Guetta. „You're like a laserlight, burning up, burning down on me." Hm.
Nur noch knapp zwei Stunden Autofahrt bis Paris. Besser ich halte noch einmal am Fahrbahnrand an, um Tante Vi anzurufen. Und den Mädels habe ich auch noch nicht geschrieben. Was sagt mir meine Telefongesellschaft hier? Ich soll mir bitte schön eine Flat dazu kaufen? Die spinnen wohl; Sauladen. Das Leben ist ja wohl bitte schön umsonst und wir ernähren uns alle von Luft und Liebe. ...

Ich tippe in mein Handy:
Liebe Kira, ich habe die französische Grenze überquert und die letzten Tage in Köln mit Leo August verbracht. Hat sich gelohnt :) Gib bitte Biene Bescheid, ich melde mich abwechselnd bei euch. Hier ist alles soweit sonnig, hoffentlich bei euch ebenso.
Gruß & Kuss L

Ich liiiebe es, das große ‚L' zu schreiben, es könnte nämlich ebenso ‚Love' bedeuten, ‚Liebe' ... (‚Land' oder ‚Leute' wäre unwahrscheinlich) ... oder oder oder. Es gibt mit Sicherheit sooo schöne Worte, die mit ‚L' beginnen. Ich würde mich am liebsten an mein Laptop, das gut verstaut im Kofferraum liegt, setzen und anfangen zu schreiben. Früher einmal, da habe ich mir gerne Geschichten ausgedacht. Wenn die Autofahrt mit den Kindern zu lange gedauert hat, habe ich ihnen frei erfundene Märchen erzählt (vom Lesen während des Fahrens wird mir stets übel!) oder vor dem Einschlafen oder am Strand oder oder oder. Sooo viele Möglichkeiten zum Fantasieren gibt es in meinem Leben, das mich gerade nach Paris treibt.

Ach ja, ich wollte versuchen, Tante Vi zu erreichen. „Allo?" - „Hallo Tante Vi, hier spricht Lilly, deine Nichte. Salut, ca va?" Ich liebe diese Begrüßungsformel, die so ausgesprochen wird, als wäre es ein Wort, aber nicht so abgedroschen wie auf Deutsch „Wie geht's?". Außerdem reicht es völlig aus, als Antwort ein „ca va" oder bestenfalls „ca va bien" oder wenn's richtig gut läuft „ca va bien, merci, et toi?" zu entgegnen. Eine unkomplizierte Floskel der Franzosen und Tante Vi erkennt mich sofort wieder, ich habe allerdings auch nichts anderes erwartet. Wir haben viel Zeit miteinander verbracht. Sie, die ältere allein stehende Dame, reist seit dem Tod ihres Mannes in der Weltgeschichte herum. Ich, als junges Fräulein, floh gerne aus dem deutschen Alltag zu ihr und habe das wilde Leben mit ihr gemeinsam genossen, was für uns beide das Gleiche bedeutete: in den Tag hinein leben, aufstehen, ein wenig Gartenarbeit, Blumen gießen, frisches Gemüse ernten, dieses zubereiten mit Baguette, Fisch oder Fleisch, als Aperitif einen kühlen Gin Tonic und ansonsten mit Sonnenhut im Garten trödeln, im Dorf spazieren gehen und plaudern, Nachbarn einladen und mit Tante Vis Freundinnen über Männer lästern. Ich habe den Damen eines Tages ein Lied von *Jasmin Tabatabai* vorgespielt: „Kann denn Liebe Sünde sein", welches zum Inhalt hat, dass es der Augenblick ist, der zählt, es ist Leben. „Lieber will ich sündigen ... mal ... als ohne Liebe sein." Ein Jazz-Lied, begleitet von der Big Band des *David Klein*

Orchesters und gefühlvoll interpretiert von der Sängerin. Die älteren Damen kannten das Lied allerdings von einer anderen Sängerin aus einer anderen Generation. *Zarah Leander* singt das Original. Die Folge war ein amüsantes Gespräch mit vier Klatschweibern und fünf verschiedenen Meinungen! Hi hi.

Zur Entspannung sind wir daraufhin an den Strand gefahren und haben einen langen Spaziergang unternommen, nicht immer im Gleichschritt, eher mit Unterbrechungen. Mal hat die eine gewartet, mal wollte die andere eine Muschel auswaschen oder einen besonders schönen Stein aufheben. Aber auf dem Rückweg waren wir wieder alle derselben Meinung: es gibt nichts Schöneres auf der Welt als einen Spaziergang am Meer.

Und nun sagt mir Tante Vi, dass sie nicht in ihrem Häuschen am Meer sei, sondern zu der Geburtstagsfeier ihrer Nachbarin in Paris eingeladen wäre, die runde 7o Jahre alt würde. Und ich wäre herzlich willkommen in ihrer Stadtwohnung!

Kapitel 6

Kurz vor Paris piept mein Handy mehrfach. Zweimal, weil ich die Nachricht noch nicht gelesen habe. Das kenne ich. Aber aus den zwei Malen werden vier, sechs, acht Piepstöne. Ich lenke die Suzi in eine Parklücke und sehe auf das Display.

17h32 **Kira:** *Leeeooo??? Erzähl mehr!!!*
17h34 **Kira:** *Sofort!!!*
17h45 **Kira:** *Spinnst du, mich hier auf heißen Kohlen warten zu lassen?*
17h49 **Biene:** *Ähem, Lilly, will Katja mich veräppeln? Du hast Leo August getroffen?*
17h53 **ich:** *Japp. Leo August. Er ist noch wie früher. Es war so-so-schön! Wahnsinn.*
17h59 **Biene:** *Prima. Da scheinst du ja eine richtig gute Zeit zu erleben. Freut mich.*
18h00 **Kira:** *Hammer!!! Geil!!! Hau rein. Oh Mann, bin ich stolz auf dich, meine Else.*
18h05 **ich:** *Nun bin ich gleich in der Wohnung von Tante Vi. Melde mich bald wieder.*

18h09 **Biene:** *Genieß es! Liebe Grüße :)*
18h11 **Kira:** *Ich kann's immer noch nicht fassen! Zwei Tage alleene, die Kleene, und gleich verbringt sie ihre Zeit mit Leo. Mach weiter so. Sonnige Grüüüüße :)*

Ich grinse in mich hinein. Was wäre ich ohne die Mädels. Hach. Da vorne liegt Paris. Die Adresse von Tante Vi habe ich. Wie gelange ich am besten zu ihr? Zur Zeit wird der Feierabendverkehr die Straßen dicht machen und Parkmöglichkeiten gibt es eh zu wenig. Ich werde die Suzi beim Flughafen abstellen und mit der Métro, der Welt ältesten und schlichtesten U-Bahn, weiter fahren.

Ich verstecke meine Bettwäsche nicht sichtbar im Kofferraum und betrete nur mit meiner Tasche beladen die Flughafenhalle. Von hier fährt die RER in die Innenstadt. Kopfhörer in die Ohren. *Jean-Jacques Goldman's Je marche seul* in Schleife hören. Ich fühle mich angekommen. Erneut. Wieder ein Zuhause von mir.

Ich genieße die Fahrt mit der RER und das Umsteigen in die Métro Nummer sechs Richtung *Charles-de-Gaulle-Étoile*. Drei Haltestellen später, *Gare Montparnasse*, der größte Umsteigebahnhof in Paris, steige ich aus. Ein Labyrinth an schnurgeraden, ebenerdigen Rolltreppen, die eine weiße Halle durchqueren, wie in einem Flughafen, damit es die Reisenden mit schwerem Gepäck einfacher haben. Ohne Navi muss ich mich stark konzentrieren, den richtigen Ausgang zur *Avenue du Maine* zu finden. Nach wenigen Schritten wechsle ich die Straßenseite der *Rue du Départ* und lege meinen Kopf in den Nacken. Von hier aus kann ich das höchste Gebäude ganz Frankreichs von unten nach oben ganz erblicken: *Le Tour Montparnasse*. Zweihundertundzehn Meter hoch. Von der Dachterrasse des neunundfünfzigsten Stocks aus erscheint jeder Punkt auf der Straße winzig klein. Dort oben ist die Freiheit, wie ein Vogel dem Himmel so nah sein, schwerelos wie ein Wattebausch oder eine Zuckerwatte. Ausatmen, nein, einatmen, Hauptsache atmen. Durchatmen. Die Wohnung von Tante Vi erreichen. Die zweiflügelige Eingangstür schwingt knarrend auf. Ebenso der Fahrstuhl aus schwarzem Eisen ohne Verglasung. Tante Vi begrüßt mich in der geöffneten Haustür und ich nehme ihren typischen Geruch nach Lavendel und Meersalz wahr. Wir verbringen zwei ruhige Tage in Paris. Die Geburtstagsfeier wird gekrönt von einem üppigen Festmahl. Mein Bauch ist schön rund und ausgefüllt mit den herrlichsten Speisen. Selbstverständlich möchte ich ebenfalls meinem alten Bekannten *Hallo* sagen. Tante Vi bleibt in ihrer Wohnung und ich vermeide die Anstrengung der zahlreichen Treppenstufen, drücke auf den Knopf des Fahrstuhls, der sich laut scheppernd in Bewegung setzt und in der sechsten Etage ruckend zum Stillstand kommt. Ich wende viel Kraft auf, um das Gitter aufzudrücken und mich in die schmale Zelle zwängen zu können. Nach dem Zuschnappen der Gitterstäbe halte ich die Luft an, bis ich das Erdgeschoss erreiche und schweißgebadet zur Haustür eile. Ein kurzes Kopfnicken deutet den Gruß für die Concierge an, die bei jedem vorbei eilenden Mieter die Chance für ein Pläuschchen wittert. Sobald sie mich allerdings erblickt, drückt sie ebenfalls schweigend auf den Summer, der einen der Eingangsflügel aufschwingen lässt. Einen stillen Moment bleibe ich vor der Villa stehen, um die dumpfe urbane Luft einzusaugen. Ich gehe am *Quai de l'Hotel* entlang, vorbei an den kleinen Kiosk Besitzern, die ihre Ware in den hoch geklappten Holzkisten feil bieten. Die Besitzer hocken auf ihren Schemeln, unbeteiligt und nicht redselig. Die Ware liegt verstaubt wahllos durcheinander neben den hektisch vorbei ziehenden Franzosen, die sich auf dem Weg von der Arbeit nach Hause befinden. Die Wellen der Seine schlagen an den Quai, sobald ein vorbei gleitendes *Bateaux-Mouches* die glatte Oberfläche in Bewegung bringt. Leise nehme ich den Summton der Ampel wahr, als das rote Männchen umspringt und grün wird. Wohlbehalten und eng umschlungen von meinem rubinroten Sommermantel bleibe ich auf der anderen Straßenseite stehen. Ich muss mich jetzt entscheiden. Entweder wähle ich den Weg über die Brücke des *Boulevard du Palais* oder weiter entlang auf dieser Seite des Quais in Richtung *Pont Neuf*, dem ältesten noch erhaltenen Übergang der Stadt. Immer den *Eiffelturm* in Sichtweise, der majestätisch zwischen den Gebäudelücken trotz schlechter Sicht zu sehen ist, meinen guten Bekannten. Metallene Arme, die verwoben sind und sich stolz hoch recken in eine Schwindel erregende Höhe. Ich schlendere zu Fuß im Strom der Touristen an den kleinen Bars vorbei bis zur *Avenue Gustave Eiffel* und schlängle mich durch die sich gegenseitig fotografierenden Menschenmenge an der überschaubar langen Warteschlange, an die ich mich anstelle und am Kassierhaus eine Karte für die oberste Plattform kaufe. Einmal muss ich den Fahrstuhl wechseln und auf der ersten Ebene erneut in einer Warteschlange anstehen, zwischen all den laut lachenden und schnatternden Touristen, verliebten Pärchen und Liebhabern der Stadt der Verliebten, die voll Vorfreude geduldig warten. In dreihundert Metern über dem Meeresspiegel angekommen, verharre ich überwältigt von der Schönheit dieses Wahrzeichens, welches anlässlich der Weltausstellung im Jahr 1889 errichtet wurde. Der Zauber der Nacht ist einzigartig. Die lebendige Metropole liegt klein unter meinen Füßen und doch kann ich mit bloßem Auge die beleuchteten Sehenswürdigkeiten erkennen. Ein inniger Moment, ein Gefühl der Schwerelosigkeit gehalten von den massiven Stangen des Monsieur Eiffel.

Ein wundervoller Ausflug, der sich jedes Mal ähnlich abspielt, sobald ich in Paris eintreffe. Rituale sind etwas Schönes, Vertrautes, Persönliches. Aber leider teile ich diesen Bekannten mit sehr vielen Besuchern, die ihn teilweise sogar mit in die eigene Wohnung nehmen. Ich auch. Heute kaufe ich mir die kleine Metallfigur, die ich mir an den Autospiegel hängen werde.
Mit meiner Suzi brechen Tante Vi und ich am folgenden Morgen Richtung Bordeaux auf. Espresso und Croissants - mehr brauchen wir vorerst nicht. Auf der Autobahn darf ich nur 130km/ h fahren, was ich mit Tante Vi an der

Seite gar nicht langweilig finde. Wir haben uns eine Menge zu erzählen. Doch immer, sobald ich über meine ehelichen Sorgen anfange zu berichten, lenkt sie mit ihren Geschichten ab. „Die Jeanne vom Schweinebauern, die muss immer in aller Herrgottsfrühe aufstehen. Und die Babette mit dem Stinkstiefel von Ehebrecher als Mann, die reitet lieber alleine aus und kümmert sich um ihre Pferde, sobald ihr Fred die Stuten der Nachbarhöfe begutachtet. Feiner Tierarzt. Der steckt doch seine Arme lieber tief in die Pferdeärsche, um Fohlen bei der Geburt zu helfen, anstatt seiner Frau über ihre Fehlgeburten hinweg zu trösten. Der braucht selber Trost. Den holt er sich. Meine Güte. Aber der Lucas, das ist ein Feiner. Lucas ist der dritte Ehemann von der dicken Manon. Die kann vielleicht backen, mein lieber Schwan! Wir werden sie zu uns einladen, dann bringt sie hoffentlich eine ihrer Gaumenfreuden mit." - „Und wie geht es Lucie?" - „Der kleine Teufel, ja." Tante Vi kichert wie ein Backfisch in sich hinein. „Du wirst es noch früh genug erfahren, meine Liebe. Sie werden alle da sein. Wo auch sonst. Sie leben schließlich dort." Misstrauisch beobachte ich Tante Vi von der Seite. Wenn sie nicht über ihre Freundinnen sprechen möchte, ist etwas Komisches vorgefallen. Besorgt scheint sie allerdings nicht zu sein.

Die umgebaute Scheune erweckt wie immer ein Gefühl der Geborgenheit in mir. Seit Urzeiten steht die wackelige Hütte auf halber Berghöhe in einem verwilderten Garten, in dem sich Sonnenblumen, Bohnen und Salatköpfe mit den Füchsen und den Tauben des Dorfes ein Stelldichein geben. Ein Bild wie ein hingeworfenes Stillleben von *Picasso*. Ich nehme mir vor, Farbe zu kaufen, um den verwitterten Fensterläden ihre einstige blaue Farbe zurück zu geben. Hier auf dem Lande, zwischen Weinreben und Olivenbäumen der *Cote d'Aquitaine*, hier ist ein geschützter Raum, eine Oase der Ruhe und Besinnlichkeit. Solange Tante Vi und ich alleine vor uns hin wuseln. Jede kümmert sich um ihren eigenen Kram. Wein und Baguette haben wir im Nachbarort eingekauft. Gemüse haben wir im eigenen

Beet. Eier besorgt Tante Vi bei den Nachbarn. Ich zaubere ein Omelette auf dem Gasherd, sobald sie mit geröteten Wangen, zwei Portweinen intus sowie dem neuesten Dorftratsch später wieder kommt. „Die Eier kommen mit den herzlichsten Grüßen von Bert, dem Sohn von Jeanne." - „Ich weiß, wer Bert ist, meine Liebe. Ich kenne ihn doch, seit ich hier her komme und das letzte Mal ist er mir auf dem Julifest ständig auf die Füße getreten. Er hat leider kein Taktgefühl, der Gute. Und sein Atem hat etwas zu viel nach Calvados gerochen." - „Du bist auch immer zu streng mit deinen Männern. Schau dir Jeanne an. Aufgerüscht wie ihre Hennen und der stolze Hahn schert sich einen Deubel um sie. Also der Bert, das Muttersöhnchen, der hilft seiner Mutter wo er kann. Und Vattern ackert auf dem Feld und im Stall. Abends legt er die Füße hoch und lässt sich von vorne bis hinten bedienen." - „Wenn sie es mit sich machen lässt ...", werfe ich hämisch ein. „Bert hatte noch nicht einmal den Schneid, mir in die Augen zu blicken. Hat immer nur mit meinem Hals gesprochen, wilde

Stammeleien geführt, wenn er nicht gerade meinem Dekolleté einen Blickkontakt abgestattet hat." Ich verstelle meine Stimme ein wenig und auch Tante Vi gibt ihrer den Ton eines tiefen Basses. Wir amüsieren uns beide, während wir die kurzen Sätze vom Eier-Bert nachahmen.

„Diese Haut - samtweich wie ein Pfirsich."

„Schöner Hals. Lang. Lang wie von einer Giraffe."

„Graziööös. So schick behangen mit Kettchen und Halstuch."

„Eine Städterin. Immer sooo nobel und etepetete. Diese Hääände …!"

„Hände wie ein Gedicht. Feingliedrig und sauber."

„Zäääähne. Ein Lächeln wie aus Hollywood."

„Wie jetze? Er hat tatsächlich mal oberhalb von meinem Kinn hin gesehen? Dass er sich das getraut hat. Hut ab!"
Wir kichern beide wie wild los.
„Gackernde Hühner sind wir, wie die von Bert", stoße ich keuchend hervor, bevor wir erneut loslachen. Wir wischen uns die Tränen mit den karierten Stoffservietten aus den Augen, als wir die erste Freundin an der Pforte erblicken. Babette.

„Chéries, ihr seid wieder hier! Welch Freude! Jeanne hat mich gleich angerufen und Manon ebenfalls Bescheid gegeben. Sie ist noch mitten dabei und backt, aber sie kommt vorbei, nachdem sie ihre Kuchen in der Konditorei abgegeben hat. Hallo hallo hallo." Küsschen, Küsschen, Küsschen, Küsschen. Gute Freunde werden viermal abgeknutscht.
„Lilly, gut, dass du hier bist. Du handwerkst doch gerne. Tu mir bitte den Gefallen und reparier mein Holztor. Das knarrt und quietscht."
- „Warum macht Fred das nicht?" - „Ach, der. Wie heißt mein Mann noch gleich? Der, der

sich als ein solcher nennt, also, dem gefällt das Holz vor den Hütten der anderen besser. Und der Stallknecht hat doch immer noch nicht ..." Schnaubend prustet sie in ihr Glas mit Gin Tonic, das Tante Vi ihr reicht. Ich schaue sie anteilnehmend an. „Also bei mir war das folgender maßen ...", beginne ich, doch Babette unterbricht mich. „V-i-v-i-a-n-a, wo sind die Eiswürfel? Und warum gibt es keine Snacks zum Aperitif? Bei mir gibt es die schließlich immer. Da esst ihr euch stets schön satt. Feine Gastgeber seid ihr mir." Entrüstet verzieht sich ihr rot geschminkter Mund und Tante Vi erhebt sich bedächtig. „Warte, Tante Vi, ich mache schon. Bleib sitzen!" Lieber rede ich mit einem Gefrierfach und überlasse Tante Vi alleine mit der Show, die Babette uns vorführt.

„Warum schaust du den Kühlschrank so zornig an?", fragt mich Tante Vi.
„Aus dem gleichen Grund, weswegen du auch in die Küche flüchtest. Sag mal, seit wann kommandiert sie auch noch uns herum?" -
„Ach, Lilly, wir werden alle älter. Mit zuneh-

menden Alter wird es immer schlimmer. Früher hat sie uns ausgespart und nur die Leute, die auf dem Hof mitarbeiten, angefaucht." - „Ist das das Leben? Wir werden älter, verdrossener und vereinsamen wie Babette." Meine Stimme kommt gepresst und wütend zwischen meinen Zähnen hervor. „Sie hat ungefähr das Alter von dir, aber sie ist ganz anders als du." - „Jeder Mensch ist anders. Das weißt du. Die arme Babette ist jedoch ihr Leben lang in dem Dorf geblieben, in dem sie geboren wurde und wohl auch sterben wird. Falls sie vorher an Alzheimer erkranken sollte, könnte es kaum schlimmer kommen, wie jetzt mit ihren Schikanen. Ihr Leben lang hat sie still gehalten und für andere gearbeitet. Doch je höher der Leidensdruck wird, desto größer werden die Erwartungen, die sie an ihre Mitmenschen stellt." Ich frage mich, wie Tante Vi dabei so gelassen bleiben kann. Ist sie jetzt zu mir gekommen, um mich zu beruhigen oder wollte sie einen Moment Ruhe von Babettes Gerede?

„Bevor sie mich deswegen anpflaumen kann, bringe ich ihr lieber schnell die Eiswürfel. Komm mit. Alleine halte ich es heute nicht mit ihr aus." Zum Glück ist Babette nicht mehr alleine, als wir wieder zu ihr stoßen.
„Hallo Jeanne, du bist auch schon da. Schön, dich zu sehen und danke für die Eier. Das Omelette war richtig lecker." - „Bert hat für dich seine schönsten Eier ausgesucht." Bei dieser Wortwahl überzieht ein Grinsen unsere vier Gesichter wie ein Schleier und es fühlt sich an, als wären wir niemals getrennt gewesen. Obwohl Tante Vi und ich nur seltene Gäste sind, schweißt uns doch unsere Vergangenheit zusammen. Gemeinsam Erlebtes und eine Treue, die sich wohl nur Frauen untereinander halten können, vermischen sich.

„Na, da scheine ich ja gerade rechtzeitig zu kommen", schmettert Manon uns von der Gartenpforte entgegen, mit dem Fuß das Tor zutretend, während sie ein Backblech in beiden Händen trägt. Der Wind weht einen Duft zu uns herüber, der einen Hauch von Zimt, Hefe und Früchten verspricht.

Manon und Jeanne haben beide Kinder in etwa demselben Alter, so alt, wie ich bin. Mit ihnen habe ich früher gespielt, wir sind ausgeritten oder ans Meer gefahren. Seltsamerweise hat es mich allerdings verstärkt zu Tante Vi gezogen. Nicht nur aus reinem Pflichtgefühl, weil ich ihr Gast war. Sie hätte sich auch ohne mich gut unterhalten. Es hat mir schon immer Spaß gemacht, ihr Leben zu teilen. Wir haben denselben Geschmack, was alle Lebensgenüsse angeht. Nicht, was Männer angeht. Aus diesem Grund durfte ich nicht mit meiner Familie zu ihr kommen. Selber kinderlos, wie sie ist, hat sie mich eher als Tochterersatz gesehen aber wollte nicht, dass ich ihr ein gemütliches Familienidyll vorlebe. Von wegen. Familienidyll. Das Paradies hat sich ja nun ausgelebt. Heimlich beneide ich Jeanne mit ihrem stoffeligen Ehemann, der, wie Bert, dämlich aber bemüht ist. Jeanne ist die Ausgeglichenste von uns allen. Babette ist die Furie, bei der wir großzügige Hoffeste feiern und auf ihren Pferden ausreiten, um Picknicke zu erleben. Manon ist das blühende Leben, die sich ständig neu verliebt, neue Rezepte ausprobiert und von Konditorei zu Konditorei tingelt.

„Was ist eigentlich mit Lucie? Wo bleibt sie? Hat ihr niemand Bescheid gesagt?", frage ich neugierig. In der Hoffnung, die einzige Gleichaltrige, die von Zeit zu Zeit unser Quintett beehrt, wieder zu sehen.
„Meine Tochter ist ....", Manon gerät ins Stocken. Gerade eben noch strahlend, fallen ihre Gesichtszüge zusammen und ihre Augen suchen flehend Halt bei Babette. Warum blickt sie Babette so an?

„Lilly, weißt du. Mein-Mann-in-Anführungsstrichen, der hat sich mit Lucie vergnügt aber für Lucie war es nur Spaß. Sie dachte, dass ich das Gerammel im Pferdestall nicht bemerken würde und dass es bei dem einen Mal bliebe. Sie wollte den Ruf meines Mannes testen. Scheint wohl nicht zu stimmen. Sie jedenfalls wollte es bei dem einen Mal belassen. Ja, ich weiß, Manon, sie hat dabei nie an meine Gefühle gedacht. Wer denkt auch schon an mich. Ich weiß, dass sie mich nicht verletzen wollte. Meinem Mann soll es recht geschehen. Der hängt noch an ihr. Aber ich sehe sie nicht mehr. Was ist mit ihr, Manon?" Manon schaut betreten zu Boden. „Wollt ihr noch ein Stück Kuchen? Warm schmeckt er doch am besten. Was meint ihr, ob ich schnell noch Sahne schlage?" Ein komischer Zufall, dass man Sahne schlägt. Die sonst glänzenden Augen Manons blicken jetzt eher furchtsam, als hätte sie Angst vor Schläge. Dabei wirkt Babette zwar königlich, wie immer, aber weder gekränkt noch angriffslustig. Was sie zu sagen hat, hat sie gesagt. Manon ringt sich zu einer Antwort durch: „Ich werde Lucie heute Abend anrufen und fragen, ob sie uns besuchen möchte."

Kapitel 7

Lucie und Babettes Mann. Lucie ist so alt wie ich. Babette so alt wie Tante Vi. Ihr Mann in etwa auch. Kurt und Dany Sahne. Und ich faulenze hier in der Hängematte. Alleine. Stimmt nicht. Dort sehe ich noch den Strohhut von Tante Vi, die sich gebückt mit dem Gemüsebeet beschäftigt. Oder telefoniert sie dabei? Ich habe bereits die Hecke geschnitten und nun entspanne ich meinen Rücken im Liegen. Im Schatten eines Apfelbaumes an einem heißen Sommertag. Es gibt eine Kinderserie, die als Hörbuch jedes Mal mit den folgenden Worten beginnt: „Es ist ein heißer Sommertag." Eine Variante des Märchenendes: „Und sie lebten glücklich und zufrieden bis an ihr Lebensende." Im Sonnenuntergang vereint mit einem Cocktail in der Hand, sofern sie ihre Hände voneinander lösen können. Hach. *Somewhere over the rainbow* von *Israel Kamakawiwoʻole*. Das Lied bekäme in diesem Moment eine Bedeutung. *The Piano Guys* covern den Song ebenfalls. Mit Cello Begleitung. Cello ist toll. Ich spiele leider kein Instrument. Ich döse leise vor mich hin.

„Lilly", erklingt Tante Vi Stimme. „Möchtest du weiter schlafen oder mit mir zu Abend essen?" Während ich meine Augen öffne, überzieht eine Gänsehaut meinen gesamten Körper. Ich friere. Steif gefroren schäle ich mich aus dem Stoff und folge Tante Vi, die mir eine warme Decke holt und sie behutsam um mich schlingt. Sogar unter meine Füße stopft sie die Enden. „Hier hilft nur noch eine Wärmflasche. Ich werde dir eine bringen. Heißen Tee und etwas zu essen. Liebes, ich kümmere mich um dich. Ein wenig Sorgen mache ich mir. Du bist zu dünn, mein Herz. Iss. Iss. Und du solltest wieder schreiben, wie früher. Wo sind deine Geschichten, die du dir ausdenkst? Sie können nicht in deinem Kopf gefangen bleiben. Das ist ein Gefängnis für deine Gedanken. Ich habe bereits so viele Seiten, die du mir voll geschrieben hast. In einer Mappe sammle ich deine Fantasien. Ich lese sie gerne, wenn ich mich alleine oder traurig fühle. So habe ich dich stets um mich herum; einen lieben Menschen, an den ich denken kann. Schreibe für mich, chérie." Liebevoll lächelt sie mich an und füttert mich, als wäre ich sterbenskrank. „Morgen machen wir einen Ausflug an den Strand. Wir nehmen ein Picknick mit. Möchtest du eine der Damen auch dabei haben? Oder mit mir alleine sein? Was ist dir lieber?"

Am folgenden Tag fahren wir zu viert mit der Suzi Richtung Meer. Manon und Jeanne haben sich für heute frei genommen. Babette täuscht Migräne vor. Aber wir wissen, dass es ihr schlecht geht und sie nicht mit Manon zusammen sein möchte. Aus schlechtem Gewissen wollte Manon zu Hause bleiben, damit Babette mit kommt. Doch keine Überredungskünste haben geholfen. So werden wir Steine und Muscheln für sie sammeln und ihr mitbringen. Ein kleines Trostpflaster für eine verwundete Seele.

„Wäre die Welt in Ordnung, dann bräuchte ich mich nicht damit abzugeben, sie zu ändern",

sagt Tante Vi. „Wie bitte?", fragt Jeanne. „Was möchtest du denn heute verändern? Meinst du, wir können etwas für Babette tun?" - „Was du nicht willst, das man dir tut, das füg' auch keinem andern zu", ergänzt Tante Vi. „Diese zwei Zitate von *Konfuzius* habe ich mir gemerkt. In Berlin steht eine Skulptur mit einem der beiden Zitate als Inschrift. Welcher es ist, habe ich vergessen." - „Konfukuss? Wer ist das?", fragt Jeanne verwirrt. Tante Vi holt tief Luft, wie sie es gerne tut, bevor sie einen kleinen Vortrag hält. Weil sie viel in der Welt reist und sieht, hat sie eine große Allgemeinbildung. „Kon-fu-zi-us, Jeanne, *Konfuzius*. Der ‚Edle', der moralisch einwandfreie Mensch, der in China gelebt hat. Edel, weil er sich in vollkommenen Einklang mit dem Weltganzen befindet. Der, der in seiner Mitte ruht. In einer absoluten Harmonie. Eine Harmonie, so wie ein Gleichgewicht, eine ausgeglichene Waagschale."
Wir drei vorher ahnungslosen Frauen schlucken schwer, holen Luft.

Manon lässt uns wissen, dass sie so eine Philosophie nur dem Buddhismus zuschreiben würde. „Was meinst du dazu, Viviana?" Tante Vi legt ihren Kopf schief und blickt aus dem Fenster. „Der Buddhismus ist eine der Weltreligionen. Die Übersetzung des Namens hat etwas mit *Erwachen* zu tun. Aus eigener Kraft zu sich selber finden. Zu guten Taten erwachen, um im Geiste eine Vollkommenheit zu erreichen. Wenn du dich spürst, so kannst du auch ein Mitgefühl für andere entwickeln. Aber im Großen und Ganzen ist Buddha mit sich selbst im Reinen." Ein Egoist, frage ich mich. Warum denke ich bei diesen Worten bloß nur an Leo. Leo August verfolgt mich in meinen Gedanken an so einem warmen Sommertag. Ausgelassen fühle ich mich dabei nicht. Mit gepresster Stimme zische ich leise: „So'n Quatsch versteh ich nicht. Wann sind wir angekommen?" Manon lacht belustigt auf. „Angekommen in deinem Leben, das du führen willst? Lilly, da bist du schon lange. Alle wissen es; außer du selber. Komm, lass uns auf dem Rückweg in Soulac Gauffres essen gehen.

Vielleicht werden dir dabei alle Sinne geöffnet." Sie streichelt sanft meinen Nacken, so weit dies durch die Kopfstütze im Auto möglich ist.

Ein Tag am Meer. Die Sonne scheint. Aber mir ist kalt. Mein Bikini trägt die Farbe des Sandes und wir lackieren uns alle vier die Fußnägel in einem Aprikosenton. Die Früchte kaufen wir am Kiosk an der Promenade. Die Picknickdecke reicht für uns vier völlig aus, wobei die Köpfe auf den Handtüchern liegen, damit unsere Haare nicht all zu sehr versanden. Kopfüber springe ich in die Fluten. Durch die sich brechenden Wellen tauche ich bis zu der Stelle, an der die Oberfläche glatter ist und ich ruhig meine Bahnen kraulen kann. Während des Schwimmens wird mir trotz des kalten Wassers wärmer. Die Bewegungen sind gleichförmig monoton. Ich schwimme hin und her, damit ich stets in Sichtweite bleibe. Die Damen möchten das gerne. Sie wollen mich sicher sehen; ich möchte, dass mich jemand in Sicherheit sehen will. Wahrscheinlich bin ich bereits eine halbe Stunde im Wasser, denn meine Arme werden lahmer. Mein Kopf sinkt immer schlapper auf die Gischt. Ich drehe ihn nur noch so viel zur Seite, dass meine Nasenlöcher gerade genug Luft einsaugen können. Wenn ich jetzt die Arme auf die Schaumkronen lege, fühlen sie sich weich gebettet an. Meine Beine sacken mir ab. Ich fühle mich erneut schwerelos. Aber endlich erwärmt. Das eine Ohr ist unter Wasser und im anderen scheint sich Wasser zu befinden, denn der Pfiff ertönt wie durch Watte gedämpft. Ich blicke zu der gesicherten Zone, wo ein Bademeister die Badenden überblickt. Eine Bewachung aus Sicherheitsgründen. Höchstwahrscheinlich erfreut sich der Bademeister manchmal an den halb nackten Menschen und mein Bikini ist ja nun fast hautfarben, aber aus Freude am Voyeurismus scheint der Mann nicht wild winkend und seine Fahne schwenkend auf seinem erhöhten Sitz auf und ab zu springen. Seine Pfiffe sind gellend und scheinbar in meine Richtung gerichtet. Warum? Ich habe keine Lust, nur in dieser eingezäunten Zone zu schwimmen; trotzig bewege ich mich langsam auf die

Schwimmboje zu. Alle Köpfe sind mir zugewandt, was mir unangenehm ist. Ich tauche unter und lasse mich mit den Wellen an den Sandstrand treiben. Tante Vi, Jeanne und Manon erwarten mich bereits und umschließen mich, so dass ich mich in ihrer Kreismitte befinde. Tante Vi legt ein Handtuch um mich und rubbelt meinen Rücken so fest, dass es weh tut. Die drei geben dem Bademeister zu verstehen, dass sie sich selber um mich kümmern werden und langsam wenden sich die anderen Neugierigen wieder ihrem eigenen Vergnügen zu. Ich schaue in zwei besorgte Augenpaare. Tante Vis Augen blicken mich wütend an. „Was fällt dir ein? So lange - so weit raus zu schwimmen?" Sie schnaubt dabei durch ihre Nase und sieht alles in Einem wie ein Nashorn vor dem Angriff aus. Jeanne und sie stützen mich, während wir zu unserer Decke schwanken und Manon zum Kiosk eilt. Sie kommt mit einem Pappbecher Cappuccino zurück, den sie mir wortlos aber mit einem aufmunternden Lächeln in die Hand drückt, bevor sie erneut zum Kiosk hastet, um drei weitere Becher mit dem Heißgetränk zu kaufen. Mit ungefähr zwanzig Zuckertütchen setzt sie sich völlig außer Atem zu uns auf die Decke. „Irgendwo habe ich noch Cantuccinis in meiner Tasche. Die schmelzen wenigstens nicht, so wie Schokolade. Mandeln sind jetzt genau das Richtige für uns. Voilà. Hier sind sie ja." Ein zufriedenes Lächeln breitet sich auf ihrem Gesicht aus und sie lehnt sich entspannt zurück. Jeanne sitzt ziemlich verkrampft neben mir und erdrückt fast meine Hand. Tante Vi stiert weiterhin geradeaus an mir vorbei und scheint innerlich bis hundert zu zählen. Wo habe ich nur mein Handy? Biene und Kira möchte ich jetzt nicht benachrichtigen. Aber die Stimmen meiner Kinder will ich hören. Egal, wie teuer dieser Anruf nach Mallorca wird. Ich brauche ihre vertrauten Stimmen um mich herum, damit ich ausreichend Wärme in mir fühle.

Das kurze Telefonat beruhigt mich. Zufrieden lege ich mich auf den Rücken und schließe meine Augen. Was für ein schöner Tag. Ich habe das Gefühl, völlig gelöst in der Sonne zu liegen - bis ich einen Schüttelanfall erleide.

Wie bei Schüttelfrost zittere ich am ganzen Körper, meine Arme umschlingen meinen Oberkörper und die Zähne klappern lautstark. Wieder ist es Tante Vi, die mich in alle zur Verfügung stehenden Handtücher einwickelt. Sie rubbelt mir liebevoll über die Arme. Jeanne streichelt mir über das Haar. Manon versucht, mir einen Cantuccini zwischen die Zähne zu schieben, doch ich presse meinen Kiefer lieber fest zusammen, weil ich die Bewegungen nicht kontrollieren kann. Nach einer gefühlten Ewigkeit ist die Anspannung aus meinem Körper verschwunden und ich liege erschöpft und platt auf der Decke. Schlafen. Ich will nichts weiter als schlafen.

Ich scheine wirklich geschlafen zu haben. Tante Vi, Jeanne und Manon flüstern miteinander, während ich langsam erwache. Noch mit geschlossenen Augen merke ich, dass mich permanent mindestens eine Hand streichelt. Wenn es nicht langsam kühl würde, wäre ich gerne liegen geblieben. Aber so richte ich mich zum Sitzen auf. Tante Vis mitfühlende Blicke treffen mich abschätzend. „Ich bin okay. Ich habe Hunger. Richtig Hunger. Auf ein Steak. Richtig durchgebraten. Keine halben Sachen. Mit Pommes. Ist das in Ordnung für euch? Darf ich euch zum Essen einladen? Ich danke euch für eure Zuwendung. Danke, dass ihr euch so süß um mich kümmert." Ohne es zu wollen, laufen mir Tränen über die Wange. Und sie versiegen den ganzen Abend über nicht. Jeanne fährt die Suzi nach Hause zurück und ich lege mich nur noch ins Bett und lasse den Tränen freien Lauf. Tante Vi umsorgt mich weiterhin, bringt mir Tee, eine Wärmflasche und zusätzliche Decken. Sie sagt, die Anspannung muss komplett raus. So wie Fieber ausgeschwitzt werden soll. Am nächsten Morgen bringt sie mir Kaffee und frische Croissants ans Bett. Bei so viel Fürsorge wird mir warm. Meine Betttücher sind nass geschwitzt, als hätte ich Fieber gehabt. Ich bitte Tante Vi, sich zu mir auf die Bettkante zu setzen. „Entschuldige, dass ich dir Kummer bereite, Tante Vi. Scheinbar hat mich die lange Fahrt hier her doch angestrengt." Tante Vi wirft mir einen langen durchdringenden Blick zu. Manchmal habe ich bei ihr das Gefühl, sie blickt durch die Hülle direkt in meine Seele. „Lilly. Du scheinst nicht nur eine anstrengende Fahrt hinter dir zu haben. Du hast dich schließlich nicht ohne Grund von deinem Mann getrennt. Ihr habt beide sicherlich viel durchgestanden und nun kommst du etwas zu dir. Deswegen sage ich dir immer wieder, tu etwas nur für dich alleine. Das Schreiben war dir stets ein Ventil. Oder wie wäre es, wenn wir zu Babette gingen, und du auf einem ihrer Pferde reiten würdest? Das hast du früher gerne getan. Vielleicht begleitet dich Lucie." - „Lucie bei Babette? Das ist vielleicht keine so gute Idee. Alles andere schon. Morgen. Kann ich heute den ganzen Tag hier liegen bleiben. Bitte? Stört dich das?" - „Aber nein, mein Kind. Ruh dich aus." - „Tante Vi", sage ich vorsichtig und berühre zaghaft ihre Hand. „Es tut mir leid, dass ich dich gestern in so große Schrecken versetzt habe. Du wirktest sehr verschreckt und ich habe mich selber nicht so ernst genommen. Verzeihung." Ein Beben durchläuft ihren Körper, doch sie behält die Fassung, hält meine Hand jedoch fest gedrückt.

„Ich habe einen Moment geglaubt, ich würde dich verlieren. ... Das war ein schrecklicher Moment. ... Komischerweise habe ich gleichzeitig gefühlt, dass du nicht fort gehst. Ich konnte dich in jedem Augenblick spüren. ... Anders als bei Jeanne damals. ... Erinnerst du dich nicht mehr?" Ihre Augenbrauen verengen sich und ich lege meine Stirn in Falten. Obwohl ich meine Nase kräusle, was ich immer mache, sobald ich angestrengt nachdenke, fällt mir der Zusammenhang nicht ein. „Was meinst du genau?" -

„Ihr ward neun oder zehn Jahre alt, Lucie und du und auch Bert. Ihr habt gerne zu dritt miteinander gespielt." Ein Lächeln huscht mir bei dieser Erinnerung übers Gesicht. Tamaras Gesichtszüge entspannen sich und sie fährt fort: „Wir waren gerne zusammen. Jeanne, Manon und ich. Mit euch Dreien. Eines nachmittags haben wir einen Ausflug gemacht. Wir sechs sind an denselben Strand gefahren, an dem wir heute waren. Ich hatte gestern ein Déjà-vu-Erlebnis. Lilly, du hast mich gar nicht so sehr erschreckt. Dich kriegt so leicht nichts unter." Sie wirft mir ein Augenzwinkern zu, als würde sie sich selber auf die Schulter klopfen. Ich nicke anerkennend zurück. „Ich habe mir gestern ebenfalls Sorgen gemacht, das streite ich nicht ab. Aber damals, als du neun Jahre alt warst. Da war Jeanne in einer ähnlichen Situation wie du heute. Sie hat sich so selten einen freien Tag genommen und war in sehr fröhlicher Stimmung. Aber sie ist eine unheimlich schlechte Schwimmerin." Tante Vi stockt in ihren Ausführungen. „Ich hole dir erst einmal eine neue Wärmflasche. Möchtest du auch noch Tee oder Kaffee? Ich bringe mir einen Espresso mit." - „Für mich auch gerne. Dankeschön."

„Dein Espresso ist der allerbeste, Tante Vi." - „Ich weiß." Tante Vi atmet aus und scheint alle Kräfte zu sammeln. „Damals. Bei Jeannes Unfall. Ohne Babette wären wir hilflos gewesen. Wir wussten uns nicht zu helfen und der damalige Bademeister war völlig überfordert. Manon und ich haben irgendwie euch drei Kinder beruhigen und uns gleichzeitig um Jeanne kümmern wollen. Wir waren einfach zu hektisch. Alle Badegäste starrten uns nur an. Bis auf Babette. Wir hatten sie zuvor zwar gegrüßt, wenn wir uns im Dorf begegneten, mehr nicht. Du kennst sie ja. Sie war früher schon so. Aber niemand anderes hatte die Situation damals so gut im Griff, wie sie. Zack zack war ein Krankenwagen bestellt, sie konnte Erste Hilfe leisten, hat Leute delegiert, die Wasser und einen Sonnenschutz holen. Sie hat unsere Klamotten zusammen gerafft, sich um euch Kinder gekümmert und euch zu sich genommen, als Manon und ich Jeanne ins Krankenhaus begleitet haben. Als wir euch bei ihr abholten, hat sie ein Riesenfest veranstaltet und sich rührend um alles gekümmert. Die liebe Babette."

Diese Erzählungen wecken den Appetit bei mir. Tante Vi bekocht mich in den folgenden Tagen lecker mit Garnelen auf Zucchini-Reis, Hähnchen mit Orange und Rosmarinkartoffeln, Seelachs gegrillt mit pürierten Kartoffeln und

Salat. Ich werde mit kulinarischen Genüssen gemästet und visuell verwöhnt. Ein Hochgenuss mit allen Sinnen. Meine Geschmacksknospen erleben eine Wiedergeburt. Ich fühle mich, als wäre ich ein Muslim in dem *Taj Mahal* mit seinen perfekten Proportionen, dem knallbunten Ambiente mit exotisch-fremdländischen Gewürzmischungen. Mich dürstet es nach Kokos, Mango und Erdnuss.

Kapitel 8
Die Tage sind sonnig und schön mit Tante Vi, die auffällig viel telefoniert. Ich vermute langsam, dass sie eine heimliche Liebschaft führt. Aber es lohnt sich nicht, sie danach zu fragen. Sie erzählt mir sowieso erst davon, wenn sie es für richtig hält.

Sie nötigt mich vielmehr, mich daran zu erinnern, was mir in meiner Kindheit Spaß gemacht hat. Damit ich wieder lerne, Spaß zu haben. Also verabrede ich mich (widerwillig!) zum Tanzen. Lucie will mich abholen.

„Merde. Lucie - bist du das wirklich?" Mit Riesenaugen starre ich auf den Vamp, der neben den Sonnenblumen und Margeriten steht. Ich erinnere mich an die Rätsel von früher. Ein Suchbild mit dem Titel: *Finde den Gegenstand, der nicht dazu gehört.*
„Du siehst auch nicht schlecht aus, Lilly. Aber so können wir nicht zusammen losgehen. Hast du nichts anderes zum Anziehen mit?" Ich ü-

berfliege in Gedanken meine Tasche, die ich eigentlich für ein Wochenende in Mühlendorf gepackt hatte. Lucie steht vor mir in roten Stiefeletten, die einen Pfennigabsatz von mindestens fünfzehn Zentimetern haben. Ihr sehr kurzes schwarzes Minikleid ist aus einem geriffelten Viscosestoff, der von einem breiten roten Ledergürtel gehalten wird. Ein rotes Tuch ist in ihren sehr langen schwarzen Haaren, die locker hochgesteckt frisiert sind, wie ein Haarreif gewickelt. Dazu roter Lippenstift sowie Nägel. Die Augen dick schwarz umkreist mit aufgeklebten Wimpern. Vielleicht ist sie ein Grufti geworden? Oder wie heißt diese neumodische Bewegung? Gothik-Kultur? „Lucie, ich kann leider doch nicht mitkommen. Ich habe plötzlich ganz komische Bauchschmerzen. Hoffentlich ist es keine Magen-Darm-Grippe." - „Red keinen Stuss. Wenn du keine Klamotten hast, borg' ich dir welche aus. Lass uns zu mir gehen. Ich werde wohl noch einige Stunden benötigen, um dich ausgehfein zu machen." Sie zieht mich mit sich, so dass ich nur noch der lachenden Tante Vi einen Abschiedsgruß zu werfen kann und in das Verkleidungszimmer von Lucie eingeweiht werde. „Die Kleider passen alle von der Größe aber nicht von der Länge. Warum seid ihr Deutsche bloß so groß?" Ich sehe in dem Kleid aus, als würde ich ein Sport-Trikot tragen. Meine Pobacken sind beide zu sehen. „Wir stammen halt von den Wikingern ab und ihr habt zu viele marokkanische Gene in eurem Blut. In den heißen Ländern sind alle Menschen winzig, weil sie sich vor der Hitze auf dem Boden verkriechen und die Erdlöcher nicht all zu tief ausgehoben werden müssen, in denen sie leben." - „Und die Wikinger sind breit wie Bretter, damit sie als Windschutz dienen, oder wie?" - „Und damit sie auf ihrem Schiff den Mast ersetzen könnten, falls dieser mal bei Sturm umknicken sollte. Klar." Ich drehe eine Pirouette und beobachte mich im Spiegel. Lucie hält mir das nächste Kleid hin. Zieh dies hier an und eine Legging darunter. Beides schwarz. Passt. So. Und nun zu deinen Haaren. Ein Wirrwarr hast du da. Was machen wir?" - „Abschneiden." Lucie guckt mich entsetzt an.

„Sollte ein Scherz sein. Hast du Schaumfestiger und Haarnadeln da?" - „Voilà." Sie reicht mir alles und sucht in der Zwischenzeit nach schwarzen Pumps mit einem nicht zu hohen Absatz, während ich Strähne für Strähne an meinen Kopf klatsche und fest stecke. Wimperntusche. Fertig.
„Sehr schön. Der Nagellack ist noch okay. Habt ihr heute nicht im Garten gegraben, ihr beiden Wühlmäuse?" - „Heute nicht, du Fledermaus. Nimmst du mich so mit? Wo fahren wir denn hin?" - „So nehm ich dich mit, ja. Nicht schlecht. Los geht's in den Club. Da legt heute DJ Mick auf. Das wird krass."

Wirklich gute Musik zum Tanzen hören wir in dem dunklen Raum mit der abgestandenen Luft, die von der Nebelmaschine und dem Zigarettenrauch parfümiert ist. Französinnen haben einen betonten Hüftschwung, der mir Laune macht, ihn nachzumachen. Ich habe einst in einer Zeitschrift gelesen, dass sich *Marilyn Monroe* absichtlich einen Absatz hat absägen lasse, damit ihre Beine eine unterschiedliche Länge für einen perfekten Hüftschwung aufweisen. Leider stehen hier keine zwei Damenfüße still. Wie gerne hätte ich die Schuhe überprüft, ob die Mädchen dies vielleicht nachahmen. *Zaz* singt *Je veux*:

Donnez-moi une suite au Ritz, je n'en veux pas
Des bijoux de chez Chanel, je n'en veux pas
Donnez-moi une limousine, j'en ferais quoi?
Offrez-moi du personnel, j'en ferais quoi?
Un manoir à Neufchatel, ce n'est pas pour moi
Offrez-moi la Tour Eiffel, j'en ferais quoi?
Je veux de l'amour, de la joie, de la bonne humeur
Ce n'est pas votre argent qui fera mon bonheur
Moi je veux crever la main sur le coeur
Allons ensemble, découvrir ma liberté
Oubliez donc tous vos clichés
Bienvenue dans ma réalité
J'en ai marre de vos bonnes manières, c'est trop pour moi
Moi je mange avec les mains et je suis comme ça
Je parle fort et je suis franche, excusez-moi
Finie l'hypocrisie, moi je me casse de là
J'en ai marre des langues de bois

*Regardez-moi, de toute manière je vous en veux pas
et je suis comme ça!*
Je veux de l'amour, de la joie, de la bonne humeur
Ce n'est pas votre argent qui fera mon bonheur
Moi je veux crever la main sur le coeur
Allons ensemble, découvrir ma liberté
Oubliez donc tous vos clichés
Bienvenue dans ma réalité

Willkommen. In Lucies Realität. Sie pafft eine Zigarette nach der anderen, zieht ihren Schmollmund und lässt sich einen Cocktail nach dem anderen spendieren. Ich beobachte sie fasziniert, doch nach diesen Tanzstunden fangen meine Augen von dem Qualm an zu tränen und ich gehe zum Luft schnappen vor die Tür. Dort angelehnt steht ein Kerl, der mich mit einer Bewegung zu sich einlädt.

„Salut. Ca va?" Hm, gerade geht's mir ganz gut. Oh Mann. Ich glaube, ich rufe mir lieber ein Taxi, um zurück zu Tante Vi zu fahren. Wenn es am schönsten ist, soll man gehen.
„Du siehst toll aus. Wollen wir ein Bier zu-

sammen trinken?" - „Bier? Entschuldigung, aber ich trinke hier kein Bier." - „Weil dir die Cocktails besser schmecken?" - „Nein, weil französisches Bier nicht schmeckt. Ich komme aus Deutschland, wo das Bier einfach besser ist." - „Was trinkst du dann?" - „Im Moment gar nichts. Ich bin raus gegangen, weil ich drinnen keine Luft mehr bekommen habe. Rauchst du?" - „Ja, aber für dich würde ich sofort damit aufhören. Jedenfalls für heute Abend." Ich verdrehe die Augen, glaube ich. Für einen Moment schaue ich mich lieber kurz um und blicke die Straße entlang.

„Du sprichst fehlerfrei Französisch. Wow. Beeindruckend. Unterhältst du dich auch mit mir oder wollen wir gleich zu mir gehen?" Was bitte schön mache ich hier? Ich fasse es nicht. Ich ringe nach Worten, finde keine, mache auf dem Absatz kehrt und gehe rein, um Lucie zu fragen, ob wir uns zusammen ein Taxi rufen oder ob ich alleine fahre. Lucies Antwort ist erstaunlich: „Lilly, das war Jean-Pierre, mit dem du gerade gesprochen hast. Frag ihn, ob er dich zurück fährt. Er fährt alle Mädchen nach Hause." Sie grinst. „Ich wünsche dir eine gute Nacht. Hab viel Spaß." Ach, wenn Kira diese Worte ausspricht, freue ich mich mehr darüber. Halli Hallo Jean-Pierre. Auf Wiedersehen. Lieber gehe ich den ganzen Weg zu Fuß oder rufe mir alleine ein Taxi.

Kapitel 9

Ich möchte wieder fliegen. So wie in Köln bei Leo. So wie es auf der Visitenkarte geschrieben steht. Die Visitenkarte finde ich am folgenden Tag in meinem Koffer und im Internet google ich nach einer Adresse, die realistisch für mich zu erreichen ist: Berlin. Kira würde mich mit Sicherheit begleiten. Vielleicht wird sie nicht springen wollen - dabei verzieht sich mein Mund zu einem ansatzweisen Lächeln - aber sie wird mir Händchen halten und mich dabei filmen. Aha. Ich könnte mich sogar von Profis bei meinem Sprung filmen lassen, steht hier geschrieben:

„Geschnallt an einen mit über 1000 Sprüngen erfahrenen Tandempiloten Höhenluft schnuppern

- Adrenalin und Nervenkitzel sind garantiert

- Rasanter freier Fall für fast eine Minute, danach gemächliches Schweben zur Erde für 7 bis 10 Minuten

- Keinerlei Flugerfahrung oder Vorkenntnisse erforderlich

- Springen können alle Höhenluft-Begeisterten ab 12 Jahre, die nicht mehr als 100 kg wiegen – bei Minderjährigen ist die Unterschrift eines Erziehungsberechtigten erforderlich
- Modernste Sprungausrüstungen Deutschlands, in exzellentem Zustand
- Im Vorfeld 20-minütige Ausbildung am Boden
- Auf Wunsch Film vom Flug durch die Freifall-Kameraleute
Das Gefühl, Grenzen zu überschreiten, unendliche Horizonte zu öffnen und sich schwerelos zu fühlen. Ein Fallschirmsprung aus 4000 Metern Höhe, gesichert durch einen professionellen Begleiter, garantiert Adrenalin und Nervenkitzel. Im freien Fall die Welt aus der Vogelperspektive betrachten."

Go! Go, go - *jump*! Mhm.
Ich fühle mich wie Erica Barry (*Diane Keaton*) in *Was das Herz begehrt* - dabei hat Erica in dem Film bereits eine erwachsene Tochter - und Harry Sanborn (*Jack Nicholson*), der ewige Junggeselle, soll ebenfalls Anfang sechzig sein.

ABER ICH BIN DOCH NOCH NICHT SO
ALT. Warum fühle ich mich dann so? Nö.
Nö!
Ich bin jung, ledig und tatendurstig.
Ich betrachte die Visitenkarte, die Leo mir als
Abschiedsgeschenk gegeben hat. Ein erneutes
Lächeln huscht wie ein Schatten über mein
Gesicht. Ich öffne die Karte vorsichtig, um den
Text auf der Innenseite zu lesen.
Dabei fällt mir eine Telefonnummer auf, die
beim letzten Mal noch nicht da stand:
0172 - 999 666 999 Ich bin für dich da! Leo

Schön für dich, Leo. Für wie viele Frauen bist
du denn da? Und für welche willst du nicht da
sein? Wer so eine absurde Nummer auf-
schreibt, der kann sich die Frauen ja nur vom
Leibe halten wollen. Und welchen armen Kauz
trifft es? Auf welche Kosten amüsiert sich der
liebe Leo hier? Welche Person gehört zu dieser
Nummer? Das werde ich in Erfahrung bringen,
denke ich und tippe die Zahlen in mein Telefon. Bereits nach zwei Klingeltönen geht eine
Männerstimme an den Apparat und meldet

sich mit „August". Pause. „Ah. Ja. Lilly Sand hier." Pause. „Hi Lilly. Schön, dass du dich meldest. Wie ist es in Frankreich - oder bist du bereits auf dem Rückweg und kurz vor Köln? Sehen wir uns?" Wow. Mit so einer unkomplizierten Kommunikation habe ich ja nun gar nicht gerechnet. Dass ich direkt mit ihm spreche, entspricht nicht meiner Erwartung. Perplex starre ich aus dem Fenster. „Bist du noch da, Lilly? Oder bist du im Funkloch?" - „Ja, da muss eben ein Funkloch gewesen sein. Ich rufe eigentlich nur an, weil ich soeben deine Telefonnummer auf der Visitenkarte entdeckt habe. ... Und ... ehrlich gesagt, habe ich nicht damit gerechnet, dass es deine Nummer ist." - „Weshalb? Ich habe doch meinen Namen drunter geschrieben, oder?" - „Ja, schon. Aber hör mal. Würdest du deine eigene Nummer glauben, wenn du sie nicht kennen würdest?" Leo lacht laut auf und prustet in den Hörer: „Liiilliii, du bist so was von misstrauisch! Echt. Wenn ich schreibe, dass ich für dich da bin, dann meine ich es auch so. Noch einmal von vorne: Wo bist du? Wie geht es dir? Wann se-

hen wir uns? Kann ich etwas für dich tun?"
Pause. „Du überwältigst mich gerade mit deinem Charme. ... Leo, ich bin noch in Soulac und hoffe, dir geht es so gut wie mir. Ich melde mich bei nächster Gelegenheit. Danke für alles. Tschüs."

Ich sitze vor meinem Computer am Küchentisch, eine nackte Glühlampe erleuchtet das Idyll. Es ist bald Mitternacht. Ich suche meine Sonnenbrille von der Anrichte neben mir, weil ich ohne Sehhilfe fast blind bin und weil die Tagesbrille zwei Stockwerke und viele Treppenstufen entfernt von mir liegt. Die Bügel der Brille schwinge ich so wie *Julia Roberts* in *Pretty Woman* das Opernglas falsch herum hält. Diese Szene hat mir schon immer prächtig gefallen, weil *Richard Gere Julia Roberts* dabei so verzückt, fast schon entrückt, anlächelt; aus dem alleinigen Grund, weil sie mit geradem Rücken in der Vip-Loge sitzend - rotes, schulterfreies Kleid, toupierte Hochsteck Frisur und weiße Handschuhe bis zum Ellenbogen tragend - das Opernglas mit einer Hand mehrfach vor den Augen hin und her schwingt, um hindurch sehen zu können; bis zu dem Zeitpunkt, an dem ER es IHR behutsam aus der Hand nimmt, ES umdreht und es ihr zurück gibt. Nun verweilen die Lupengläser waagerecht vor ihren Augen, und sie bewundert hingerissen die Oper, ohne *Richard Gere* eines Blickes zu würdigen, geschweige denn für seine Hilfe zu danken. Ehrenhaft, stilvoll, reich gefüllt mit Würde und Eleganz.

Leo ist super. Jedes Mal wenn wir uns treffen, haben wir eine fantastische Zeit zusammen. Nun gilt es, die Zeit dazwischen zu füllen, ohne ständig das Gefühl zu haben, im Wartezimmer zu sitzen. *Richard Gere* wird nicht zu mir reiten, um mich mit einer weißen Kutsche abzuholen. Dass er mich mit einem Ferrari abholt, ist ebenfalls seeehr unwahrscheinlich. Obwohl ... so einen Ferrari könnte ich ganz alleine für mich doch sicher irgendwo ausleihen, das lässt sich googlen. Für einen Tag lang ... die A23 rauf und runter rasen, mit einem Abstecher nach St. Peter-Ording und an dem

Leuchtturm ein Bier zischen, der in der Beck's Werbung vorkommt: Saaail awaaay ... you caaan fly ... on these wings of freedom ... you CAN reach the sky ... You can fly so high! ... Alles klar. Ich leihe mir einen Ferrari aus. In Rot, versteht sich.

Mit fließenden Bewegungen gleiten meine Finger über die Tastatur. Geschmeidig wie eine Schlange bilden Hände und Arme mit dem sich zum Rhythmus der Musik (ich höre *The Piano Guys* rauf und runter!) wiegenden Körper im rotgeblümten Babydoll eine Einheit. Wallend schwingen die Gardinen im warmen Wind hin und her. Und ich schreibe die ganze Nacht durch an einer Kurzgeschichte über Ritter und Prinzessin Lisa, die eigentlich gar nicht gerettet werden will, weil sie lieber mit den Drachen spielend kämpft. Sie ist auch ohne Prinz zufrieden. Mit den Rittern, die sich bisher ein Bein für sie ausgerissen haben, war sie nicht glücklich. Die feuerspuckenden Drachen sind ihr Lieblingsspielzeug. Auch wenn die Königinmutter sie morgens in hübsche, adrette Kleider steckt. Darunter trägt sie eine Reiterhose und Stiefel mit Sporen. Und der Knappe hat ihr beigebracht, wie sie behende mit einem Messer umgeht, welches sie in ihrem Stiefelschaft versteckt. Dabei denke ich an die Postkarte, die in Kiras Küche hängt:

Ganz egal was dein Papi sagt - du bist keine Prinzessin!

Ein trotzig dreinblickendes Mädchen mit verschränkten Armen vor der Brust ist auf einem rosafarbenen Hintergrund gezeichnet. Ich schmunzle und schreibe und schreibe.

„Lilly, komm, leg dich oben in dein Bett, chérie." Von weit her erklingt eine weiche Stimme, die sich so anhört, als würde sie zu Tante Vi gehören. Meine Arme tun mir weh. Ich liege mit dem Kopf auf den Armen. Darunter erkenne ich meinen Laptop. Meine Sonnenbrille liegt daneben. Ich hänge hier noch immer auf dem hölzernen Küchenstuhl und mein Rücken ist eingerostet. Wie ein Ritter in Rüstung knicke ich mich Scharnier für Scharnier auseinander, bis ich lang gestreckt aufstehen und wortlos nach oben gehen kann, Tante Vi flüchtig auf die Wange küsse und weiter schlafe, bis ich schweißgebadet unter dem Dach erwache. Es wird etwa drei Uhr nachmittags sein. Die dritte Urlaubswoche ist noch nicht ganz um, aber mein Gefühl sagt mir, dass ich meine Koffer packen sollte. Ich bin in Aufbruchstimmung. Und zwar nicht, weil ich mich unruhig fühle, sondern weil ich merke, dass es der richtige Moment ist. Ich hoffe, dass Tante Vi noch hier bleiben möchte und jemanden findet, der sie hier abholt. Oder sie wird Bus und Bahn nehmen, um zurück nach Paris zu gelangen. Ich fahre mit der Fähre über die Gironde Richtung Paris.

Mann, ist das heiß. Warum habe ich mir bloß ein schwarzes Auto ausgesucht, schick aussehen ist ja nicht alles. Im Moment erscheint es mir eher wie ein Magnet zu funktionieren. Ein elektrischer Mittelpunkt, der jegliche Sonnenstrahlen aus einem Umkreis von mehreren Kilometern in sich zu bündeln scheint. Nicht nur, dass die hellen Autos die Sonne reflektieren, nein, ihre Strahlen werden direkt weiter in das Wageninnere meiner dunklen Suzi geschickt, in dem ich wie in einem Ofen schmore. Ich bin durch und durch erwärmt, jeder Muskel, jeder Knochen, jedes Teilstück Haut glänzt gebräunt und wohlig räkle ich mich auf dem Fahrersitz. Unter mir ein Handtuch, damit die nackten Beine nicht verbrennen oder schwitzend aneinander kleben. Die Fenster sind ganz runter gekurbelt und auf dem Beifahrersitz steht eine Tüte mit Mineralwasser, Pfirsichen, Mirabellen, ein geschmiertes Tomaten-Käse-Baguette mit herrlich würzigem Ziegenkäse. Ohne Salatblatt. Keine Schokolade bei der Hitze aber *Michel Télo* im Radio: *Ai se eu te pego*. Als danach auch noch *Tarkan Sikidim* singt, ist meine Welt perfekt. So perfekt wie es eben geht - nicht vollkommen aber in reinster Eleganz. So soll es sein - genauso.

Eine Übernachtung in einem Motel neben der Autobahn bei Poitiers bietet mir die Gelegenheit, mit einem köstlichen Frühstück in den nächsten Tag zu starten. Zu dem Buffet gehören neben dem üblichen Weißbrot auch frische Croissants und Obst. Damit fahre ich beschwingt weiter Richtung Paris und singe laut mit, während *Amy McDonald* erfrischend singt: „And you're singing the songs; thinking this is the life; and you wake up in the morning and your head feels twice the size: Where you gonna go? Where you gonna go? Where you gonna sleep tonight?" Tja, ich werde meinen nächsten Halt in Metz machen. Und dann weiter nach Dexheim. Dexheim? Warum nehme ich denn diese Route? Warum habe ich nicht Royan - Husum in den Navi eingegeben? Erstaunt bemerke ich meine schlafwandlerische Tätigkeit, dass ich unbewusst Dexheim als Routenziel festgelegt habe. Dexheim, wo sich das Reisebüro befindet, für das Teo arbeitet. Warum will ICH dorthin? In Metz lege ich erneut eine Übernachtungspause ein.

Von Metz ist Dexheim nur zwei Autostunden entfernt. Ich komme an Saarbrücken vorbei, sehe die Abzweigung Richtung Heidelberg (eine wirklich hübsche Stadt!), Koblenz und Worms sind ebenfalls Nachbarstädte und kurz vor Darmstadt liegt das verwunschene Dorf

Dexheim am Hang eingebettet in Weinfelder.
Überall sind Weinberge, so wie es mir gefällt.

Kapitel 10

Der Navi findet die Adresse genauso leicht wie ich einen Parkplatz. Kurzentschlossen betrete ich das Reisebüro. Der Raum ist lichtdurchflutet und mit Pflanzen voll gestellt. An zwei Schreibtischen sitzen zwei Damen, die mir beide gleichzeitig entgegen blicken. „Guten Tag! Ich bin eigentlich auf meiner Heimreise nach Husum. Ich will Ihnen nur kurz *Hallo* sagen. Wir haben einen gemeinsamen Bekannten, Leo August. Von Leo habe ich Ihre Visitenkarte mit der Adresse und auf der Inschrift haben Sie ihm einen Fallschirmsprung geschenkt." - „Richtig. Der Leo." Die größere der beiden Damen mit den kurzen schwarzen Haaren antwortet mir mit tiefer ruhiger Stimme. „Es hat ihm sehr gut gefallen, meine ich." - „Ja", bestätigt die andere Dame mit den blonden Locken und wachen Augen. „Er konnte gar nicht genug davon kriegen!" Hm. „Kann ich mir denken!", versichere ich ihr, bevor sie weiterreden kann. „Ich möchte auch springen.

Oder fliegen. Oder beides. Deswegen bin ich hier. Könnte ich bei Ihnen einen Flug buchen?" - „Selbstverständlich. Setzen Sie sich. Darf ich Ihnen etwas zu Trinken anbieten?" - „Wasser gerne, danke." Während die Gelockte mein Mineralwasser holt, bietet mir die Schwarzhaarige den Stuhl vor ihrem Arbeitsplatz an. „Was haben Sie sich denn vorgestellt?" - „Also", beginne ich und es sprudelt nur so aus mir hervor: „Ich habe die Schnauze voll, dass mein Exmann mit unseren Kindern und seiner neuen Freundin in den Familienurlaub nach Mallorca fliegt und ich brav zu Hause bleibe. Ich habe zwar gerade meine Tante in Frankreich besucht aber ich möchte noch mehr erleben! Ich habe das Gefühl, dass ich mehr Aktion in meinem Leben suche." Die Gelockte stellt das Wasser vor mich hin und blickt mir verschwörerisch in die Augen: „Das machen Sie genau richtig, meine Liebe! Lassen Sie sich nicht alles gefallen! Leben Sie Ihr eigenes Leben. Machen Sie sich nicht abhängig von den Kerlen." - „Aaastrid, du könntest doch schon mal nach einem Fallschirmsprung in der

Nähe von Husum sehen, oder?" - „Danke für das Wasser", stoße ich hervor, etwas überrumpelt von der Anteilnahme an meinem Privatleben. „Wir halten zusammen, wir Frauen!" nuschelt Astrid vor sich hin. Daraufhin werfe ich ein: „Ich habe bereits recherchiert und habe einen Laden in Berlin gefunden, der Sprünge anbietet. Mittlerweile bin ich aber gar nicht mehr sicher, ob ich springen oder lieber fliegen will." - „Eine Ballonfahrt mit einem Heißluftballon. Das ist erhabend - jaaa!", schwärmt Natalie vom Nachbartisch und rückt näher an uns heran. „Eine Ballonfahrt ist die pure Magie - sooo erfrischend! Fast schon meditativ! Herrlich! Das wird dir gefallen." Ohne mit den Wimpern zu zucken nehme ich das DU sehr gerne von einer solch liebenswerten Person an. „Über unsere Weinberge zu fliegen ist ein wunderbares Erlebnis." Natalie verdreht genießerisch ihre Augen gen Himmel. „Was meinst du, Astrid? Das wäre doch was für ..." - „Ich bin Lilly. Nennt mich Lilly, bitte." - „Für Lilly. Ein Flug im Heißluftballon."

„Über die Weinfelder hier? Na ja. Weinfelder sind traumhaft schön. Aber das hatte ich ja gerade zwei Wochen lang in Frankreich. Ich war in der Nähe von Bordeaux." - „Aaaah, Bordeaux. Eine Weinkennerin?" - „Geht so." - „Durch Weinfelder fahren oder darüber hinweg fliegen ist sooo majestätisch." Astrid rückt ihren Stuhl dicht an den Schreibtisch von Natalie heran. „Als Weinkennerin müsstest du eigentlich einmal in deinem Leben nach Afrika reisen. Das Land wird völlig unterschätzt, was den Weinanbau betrifft. Viele Deutsche wandern aus und kaufen sich dort ein Chateaux. Keltern ihre eigenen Reben. Ein wuuunderbarer Wein. Wirklich." Sie lehnt sich verträumt zurück und Natalie übernimmt die Wortführung. „Die Weinregion in Südafrika liegt nur eine Autostunde von Kapstadt entfernt. Stellenbosch ist sehr bekannt oder der französische Ort Franschhoek." - „Wieso gibt es in Afrika einen französischen Ort?", frage ich verblüfft. „In Südafrika haben die Holländer, aber auch Engländer und Franzosen, um ihren Einfluss gekämpft. Und in Franschhoek tragen die

Straßen, Hotels und Läden französische Namen ." - „Och, da würde ich ja gerne hin." - „Die Autofahrt von Kapstadt in die Weinregion wird dir unvergesslich bleiben: du wirst nicht wissen, ob du im Atlantik Ausschau nach Walen halten willst oder die nebelverhangenen Berge bewundern möchtest. Der Anblick ist überwältigend und die Weinregion ist ein bezaubernder Landstrich!" - „Atemberaubend sind auch die Klippen und die Landschaften in den Bergen. ... Eine unendliche Weite. ... Täler und vereinzelte Hütten an Hängen; Schluchten und wilde Kultivierung. ... Die Vegetation ist so üppig und doch so karg, bunte Farben und saftige Früchte .... Kapstadt gilt als eine der schönsten Städte der Welt, direkt am Fuße des *Tafelberges* gelegen. Tierbeobachtungen kannst du dort erleben, davon träumst du in *Hagenbecks Tiergarten*. Affen hüpfen frei auf der Straße rum, Sträuße grasen neben dem Weg, es gibt dort Pinguine zu sehen oder eine eigene *Cheetah Farm*. Geparden." Schon wieder etwas für mich. „Wir haben Kontakt zu einem Reisebüro in Kapstadt. Dort könnten wir ein Auto direkt mieten oder Fahrer engagieren, die dich vom Flughafen zum Hotel bringen." - „Einen Chauffeur für mich?" bricht es aus mir heraus und ich stelle mir mich als *Miss Daisy* vor. Hi hi. Das würde ich wirklich gerne. Nicht unbedingt alleine. „Wie würde das ablaufen? Könnte ich alles bei euch buchen? Ich werde zwei meiner Freundinnen fragen, ob wir zu dritt Land und Leute in Südafrika kennen lernen wollen. Alte Mädels - neue Sitten und Bräuche. Wie können wir vorgehen?" - „Also, erst einmal öffne ich mal eine Flasche Sekt. Das hast du dir nach den Strapazen verdient." Welche Strapazen frage ich mich - aber nun gut. Ich lasse alles in diesem harmonischen Ambiente geschehen. Danach plaudern wir weiter über Männer, Mädels, Meer - und mehr und mehr gelange ich zu der Überzeugung, dass eine Afrikareise genau das Richtige wäre für Biene, Kira und mich. Endlich mal wieder zu dritt in einer traumhaften Kulisse Abenteuer erleben. Die Stunden verfliegen nur so. Plötzlich fällt mir ein: „Ich habe Sekt getrunken und kann nicht mehr Auto fahren. Könnt ihr mir eine nette Pension empfehlen?" - „Lilly, du schläfst hier, das steht fest! Wir haben dich schließlich zu dem Sekt überredet", beschließt Natalie mit einer Stimme, die keine Widerrede duldet. Dem füge ich mich glücklich. Nach diesem vergnügten Nachmittag würde ich das Alleinsein in einer Pension nur schwer ertragen. „Haaach. Wirklich nett habt ihr es hier. Sind alle Dexheimer so gastfreundlich?" - „Weißt du was? Wir zeigen dir heute Abend noch ein wenig unser Städtchen. Im Mittelalter zählte es zu den ersten Reichsdörfern und hat eine interessante Geschichte. Mittlerweile wohnen hier ungefähr eintausendfünfhundert Einwohner, die wir dir nicht alle vorstellen können, leider", bemerkt Natalie mit einem Augenzwinkern, „aber Essen gehen und den Dorfkern zeigen, das können wir doch eigentlich schon um diese Uhrzeit." - „Du bist die Chefin, Natalie. Du entscheidest! Nicht dass ich deswegen Minusstunden eingetragen bekomme ", grinst Astrid. „Ach, heute passiert sicherlich nichts mehr. Wozu bin ich mein eigener Chef. Ich frage

auch Robert, ob er mitkommt. Dann ist es gleich eine gemeinsam verbrachte Ehezeit. Kein Problem."
„Und ich?", ertönt es aus dem Nachbarzimmer. Eine kräftige, warme Stimme mit einem unbefangenen, Vertrauen erweckenden Klang und dem dazu gehörigen großen Körper erscheint in der Tür, die zum angrenzenden Wohnraum führt. Ein Mann, wie ein Segelmast: lang, schlank, geschmeidig. Anmutig lehnt er sich an den Türrahmen und lächelt uns zu. „Darf ich auch mit?" Astrid verdreht die Augen. „Der Herr hätte gerne eine Extraeinladung. Nicht, dass er Natalie und mich mit seinen Besuchen selber von der Arbeit ablenkt, nein, jetzt möchte er auch noch gefragt und gebeten werden." - „Nee, Astrid, so nicht. Ich dachte mir, jetzt wäre der Moment gekommen, in dem ich mich vorstellen könnte, wenn doch Robert auch mit euch loszieht. Da komme ich natürlich gerne mit." - „Lilly, darf ich dir Noah vorstellen, mein Bruder", sagt Natalie und schwingt ihren Arm von mir zu ihm und dann von ihm zu mir zurück. „Noah, das ist Lilly. Wir wollen ihr

unseren Geburtsort ein wenig ans Herz legen. Wir haben es doch so hübsch hier." Wir geben uns die Hand, weil es sich so gehört. In dem Moment, in dem sich unsere Hände berühren, fühlt es sich an wie das Aufeinandertreffen zweier Magnete. Plus- und Minuspol klacken ineinander. Unsere Blicke halten sich einen winzigen Moment lang gefangen. „Ich habe eurer Unterhaltung beigewohnt. Verzeihung, dass ich gelauscht habe. Aber euer Kaffeekränzchen war besser als das Fernsehprogramm", sagt Noah unverblümt und streckt dabei seine langen Beine weit von sich, während seine Schulter wieder am Türrahmen lehnt. „Ich hole Robert ab und wir treffen uns in einer halben Stunde am *Alten Backhaus*, einverstanden?" - „So machen wir es", sagt Natalie beflissen, während sie ihre Unterlagen zusammen räumt, alle geöffneten Dateien auf dem Rechner speichert und schließt. Astrid macht es ähnlich und ich mache mich nützlich und räume die Sektgläser und Flasche weg und wasche die Gläser in dem Spülbecken ab, welches sich hinter einer Bastwand verbirgt. Sobald alles fertig ist, brechen wir gemeinsam auf. „Das *Alte Backhaus* stammt aus dem Jahr 1656. Vor Kurzem wurde es gründlich restauriert und weiß gestrichen. Der Stolz unseres Dorfes. Es steht unter Denkmalschutz und dient als Vereins- und Gemeindehaus. Schau mal, wie hübsch es aussieht - wie eine weiße Zipfelmütze der sieben Zwerge!" Astrid freut sich. Gutgelaunt stimmen wir ihrem Hinweis zu und schwelgen in alten Kindheitserinnerungen. Das Märchen von *Schneewittchen und die sieben Zwerge* und *Aschenputtel* können wir drei noch auswendig aufsagen. Bei *Rapunzel* werden wir uns uneinig und die beiden Dexheimer Damen streiten gleich weiter, sobald die Herren eintreffen und sie sich nicht entscheiden können, wo wir essen wollen. Doch schließlich sitzen wir in der schummrigen Ecke eines Lokals und vor jedem von uns steht ein Flammkuchen mit einem Glas Weißwein. Einer Weinprobe habe ich heute Abend nicht mehr zugestimmt, da ich wieder mal kaum gegessen hatte und ich mich bei Alkohol lieber zurück halte. Robert besticht mit seinem Wissen über die hiesige Weingegend. Hilke Nagel aus Dexheim war zum Beispiel im Jahr 1988/89 die Rheinhessische Weinkönigin. Diese Repräsentantin des Weinbaugebietes wirbt auf diversen Veranstaltungen für die jeweilige Region. Noah gehörte früher einmal zu der Jury und weiß darüber zu berichten, dass sich die Anwärterinnen je fünfundzwanzig Minuten lang Fragen der Jury stellen müssen und erst nach dieser Auslese dem Publikum vorgestellt werden. Die Damen müssen also über ein breites Wissen über die Weingegend und die Reben verfügen.

„Na, dann erzähl doch mal! Was hast du denn alles davon behalten?", frage ich herausfordernd. Noah nippt an seinem Glas. Robert nutzt sofort die Chance, um sich bemerkbar zu machen: „Wildreben rankten früher wie Lianen in den Bäumen." Dabei macht er den Urschrei von Tarzan nach und zeigt eine Bewegung, die andeuten soll, wie er sich von Baum zu Baum schwingt. Wir lachen lautstark los.

„Das muss großartig gewesen sein, sich auf diese Art fortzubewegen. Schwebend durch die

Lüfte und dabei hin und wieder reife Früchte pflücken. Und weil es damals noch keine Toiletten oder Gruben gab, haben sich die unverdauten Kerne alle in der Nähe der ersten Dörfern angesammelt. Durch ihre Ausscheidungen haben die Menschen früher praktisch die Reben gesät." Uuuuaaaaahahaha. Wir sind alle nicht mehr zu halten vor Lachen. „Und wie hat Tarzan herausgefunden, dass Jane aus den Trauben Wein herstellen kann?", bringe ich stoßweise hervor, während sich meine Worte eher überschlagen und in einem Glucksen verschwinden, weil ich mich vor Lachen fast verschlucke. „Woher willst du wissen, dass es Jane war? Bestimmt hat Tarzan einige Reben irgendwo vergessen und wollte sie vor Jane verstecken. Deswegen hat er die gegorenen Trauben gegessen und ...", wirft Astrid ein und Natalie ergänzt sie: „Und Jane wundert sich abends, wieso ihr Held den Absprung von der Liane nicht schafft und in ihre Baumhütte torkelt." Ein erneuter Lachanfall ist die Folge.
So ergibt sich aus einer Geschichte eine neue lustige Anekdote. Hauptsächlich ist es wichtig,

dass die Trauben viel Zucker enthalten und wenig Säure. Ich schaufle mir hierbei den dritten Löffel Zucker (Es gibt Rohrzucker!) in meine Espresso Tasse. Noah bemerkt dazu gelassen: „Ich mag ebenfalls lieber Süßspeisen als deftige oder salzige Gerichte. Meistens esse ich den Nachtisch vor der Hauptspeise." - „Wie ich", lächle ich ihm zu. Langsam fange ich an, mich schwebend zu fühlen. Berauscht von allen guten Dingen um mich herum, lehne ich mich entspannt zurück und lausche dem Geplänkel der anderen. „Traminer." ... „Nein, Ortlieber!" ... „Oder doch Riesling oder Silvaner?" ... „Spätburgunder." ... „Die Römer haben schon ..." ... „Dafür gibt es keinen Beweis!" ... „Malvasier." ... „Elbling." Dabei horche ich auf und werfe eine Frage in den Raum: „Ist der Elbling eine Elfe oder ein Wein aus dem Elbgebiet? In Hamburch gibt's aber keene Weinfelder." - „Nein. In Hamburg gibt's keine Weinfelder. Aber ich wohne dort." Noah sieht mir offen ins Gesicht." Schluck. Ich suche nach einer schlagfertigen Antwort und schaue ihn währenddessen mit großen Augen an. Die anderen unterbrechen ihre Unterhaltung und scheinen alle drei den Atem anzuhalten.

„Ich wohne in Husum." - „Das habe ich vorhin bereits gehört", gibt Noah mit leiser Stimme zu. „Ich würde morgen gerne mit dir mitfahren. Nimmst du mich bis Hamburg mit?" Natalie hebt ihren Arm wie zu Schulzeiten und wirft entrüstet ein: „Wir wollten doch noch die Rede vorbereiten für die goldene Hochzeit unserer Eltern!" - „Ja. Stimmt. Können wir das nicht telefonisch besprechen? Diese Mitfahrgelegenheit möchte ich mir nicht entgehen lassen. Das verstehst du doch, oder?" Dabei liegt seine Betonung auf den Worten *diese* und *nicht* und bei der Frage schaut er seine Schwester mit einem unschuldigen Blick an, der so viel sagt, wie: „Das weißt du doch selber, Schätzchen!"

Natürlich bejaht Natalie seine Frage. Allerdings wirft sie gespielt mürrisch ein: „Also werde ich die Rede schriftlich vorbereiten und du segnest sie im Nachhinein einfach nur ab." Noah legt den Kopf schief und schaut mich

erneut so an, als würden wir uns seit Jahren kennen. „Ich könnte mir vorstellen, dass ich es auch schaffen würde, falls Lilly mir hilft, mir ein Gedicht auszudenken. Du hast mir deine Ideen ja schon genannt, Natalie. Lass es mich diesmal ohne deine Hilfe machen. Hinterher gibst du deinen Senf dazu - aber ich wette, dass du es nur noch abzusegnen brauchst. Wettest du mit mir?" Natalie und Robert schauen sich an. „Oho." „Oooooh, dieses Angebot nehme ich gerne an! Schlag ein!"
Mit einem Handdruck besiegeln sie ihre Wette und somit ebenfalls die Tatsache, dass ich mit Noah am morgigen Tag ziemlich genau fünf Stunden und fünfzehn Minuten gemeinsam im Auto verbringen werde. Allein. Alleine zu zweit. Wahrscheinlich ist es der Flammkuchen, der leicht in meinem Magen brennt. Ganz bestimmt. Den Kaffee habe ich ebenfalls ziemlich heiß getrunken. Kein Wunder, dass mir so warm ist!

Kapitel 11

Am nächsten Tag brechen Noah und ich am späten Vormittag auf. Im Hintergrund läuft die CD von *Lady Antebellum*, weil es mich an den gestrigen Abend erinnert: „Summertime, sunshine, barefoot in the moonlight; I wanna be your jackpot, hot spot; Wide open road in a candy apple rag top; I wanna set you free, I wanna take you high; I wanna be, wanna be your Friday night" Mmmmmm ...
„Als Kinder hatten Natalie und ich es hier richtig gut. Nirgendwo gibt es einen schöneren Blick über Weinfelder als hier!" - „Das wage ich zu bezweifeln, mein Lieber! Ich bin noch vor zwei Tagen durch das Weinanbaugebiet des Bordeaux' gefahren. Mit Oliven- und Weinfeldern kannst du mich nicht beeindrucken!" - „Dann eben nicht. Schade." Er lächelt mich geradeheraus an. „Aber dort links. Siehst du den Laden, das *Windelcenter*? Hast du je zuvor ein Geschäft mit diesem Namen gesehen? Dort werden wahrhaftig Windeln, Einlagen aber auch Schreib- und Papierwaren ver-

kauft!" - „Eine kluge Entscheidung, würde ich sagen. Die Frauen sollten vielleicht versuchen, ihren Babys und sich selber Papier ins Höschen zu stopfen, um nicht auszulaufen." - „Igitt. Ich nehme an, dabei läuft alles an der Seite raus!" Wir schmunzeln beide still vor uns hin. Bis Noah das Gespräch erneut beginnt. „Schau mal. Erkennst du hinter den Bäumen unseren Abenteuerspielplatz? DAS Highlight des Dorfes! Großartig für Kinder. Ich bin immer noch gerne dort." Wieder huscht mir ein Lächeln über's Gesicht. „Da scheine ich ja den Hauptgewinn des Dorfes neben mir sitzen zu haben! Ich finde es wunderbar, wenn das Kind in uns erhalten bleibt und weiterlebt." - „Wir albern und verspielt sein dürfen, so viel wir wollen. Ja. Gefällt mir ebenso." Er sieht aus dem Fenster. Ich versuche mich auf die Straße zu konzentrieren. Nach einer Weile stellt Noah fest: „Ich kenne niemanden, der gleichzeitig reden und lachen kann. Deinen Worten kann ich kaum folgen, während ich dem Glucksen in deinem Hals lausche. Dein Lachen zu hören reicht mir völlig aus für mein ganzes Leben." -

„Du meinst, wir halten es ein Leben lang miteinander aus? Wir kennen uns doch erst seit wenigen Stunden." Ich gluckse leise weiter vor mich hin, während er flüstert: „Ich meine es so, wie ich es sage. Ich liebe dich. Ich bin nicht verliebt. Ich liebe dich mit ganzem Herzen. Das ist ein Unterschied. Wir haben noch das ganze Leben vor uns. Gemeinsam. Hoffe ich." Dabei sieht er mich mit seinen grau-blauen Augen an wie ein Wolf. Wie ein gieriger und dennoch gesättigter, durch und durch geradliniger Wolf. Wie der Werwolf in *Twilight*. Jacob, der auch Jake genannt wird, ist ein Indianer vom Stamm der *Quileute*. Ich habe den Indianerstamm bei Wikipedia nachgeschlagen, nachdem ich die Saga gesehen habe und dort gelesen, dass die *Quileute* in dem Bundesstaat Washington, an der Westküste der USA, zu Hause sind und sich von Lachsen ernähren sowie Wale jagen. Aber Noah wirkt so gar nicht wie ein Jäger. Er hat zwar wunderbar volle, dunkelbraune Haare, wie Jake - Noah trägt sie lang, was ihm verdammt gut steht -. Ich bin aber verblüfft darüber, dass er mich nur wenige Stunden lang reden gehört hat und mir bedingungslos und charakterfest seine Liebe versichert. Kein Verliebtsein. Das ist ihm zu wenig. Unmissverständlich macht er mir die schönste Liebeserklärung, die ich jemals gehört habe. So verrückt, wie Edward nach Bella ist. In *Twilight*. Mir läuft es kalt den Rücken hinunter. Eine Gänsehaut überzieht meinen gesamten Körper. Im Bauch fühle ich Tausende Schmetterlinge ... und ein sattes Gefühl wie nach dem Genuss eines köstlichen Mahls nach einer sehr langen Wanderung.

Die Suzi keucht die Kassler Berge mit 40 km/h hoch und wir gönnen ihr und uns nach diesem Ritt eine Verschnaufpause auf einem Rastplatz, der den Namen *Am Bierberg* trägt, wo wir uns in den Sonnenschein legen, quer über die Holzbänke. Versteckt von dem halbierten Holzstamm, der als Tisch dient. Die Suzi steht neben uns, alle fünf Türen sperrangelweit auf, damit Frischluft im Innenraum zirkuliert und damit wir der Musik von *Jessie J* lauschen können. Ich halte meine Augen geschlossen und für einige Augenblicke den Atem an, während sie ihre Botschaft schmettert:

ok, maybe this is the day that I have to write a
song about love
its about time
L.O. L.O. L.O. L.O.V.E. Love
I said I'd never write a song about love
but when it feels this good
a song fits like a glove
when you hold me, and you tell me
that you missed me, and call me milky
fuck it, Imma write a song about love, yeea
your my key, you unlock me
keep me close, keep me safe, keep me happy
so sweet, ooooooh looooove
it's destiny, so nothing stops me
I'll tell the world that your mine, and you got me
my best friend, that makes me laugh,
the puzzle piece that fits exact to my half
I've never felt this way
sometimes I'm stuck with what to say
you hold my hands when I'm driving
you dry my tears if I'm crying

and we just laugh if were fighting
I'm in love.

Es ist einfach gut, seinem Herzen zu folgen.
Wenn ich nicht in Köln bei Leo gewesen wäre,
hätte die Visitenkarte nicht zu mir gefunden
mit der Adresse des Reisebüros, wo das passende Puzzleteil auf mich gewartet hat. Wäre
ich nicht in Soulac gewesen, um meiner Seele
einen neuen Anstrich zu geben, wäre ich nicht
bereit gewesen, mich auf ihn einzulassen.
Mit ihm an meiner Seite fahre ich viel geduldiger durch diese extrem lange Baustelle auf
Höhe von Mahlum. Zur Beruhigung der Autofahrer sind sogar Hinweisschilder aufgestellt
worden, die die Länge der Baustelle angeben:
Leider noch 10,3 km steht unter einem traurigen Gesicht geschrieben. Später werden die
Smilies zunehmend gelöster, bis hin zu einem
lachendem Mund, der ankündigt: *Geschafft!*
Welche Motivations Künstler waren denn hier
am Werk?

Eine ausgezeichnete Idee.

ENDE

P.S.: Alle Personen sind frei erfunden. Falls sich jemand angesprochen und nicht befriedigt fühlt, bitte ich, dies zu entschuldigen. Ich möchte niemanden verletzen, sondern nur Geschichten erzählen. Nichts weiter.